Annette Mierswa · Instagirl

Annette Mierswa

INSTAGIRL

Loewe

FSC
www.fsc.org
MIX
Papier aus verantwortungsvollen Quellen
FSC® C014496

ISBN 978-3-7432-0121-7
3. Auflage 2019

Umschlagfotos: ©Aleshyn_Andrei/shutterstock.com
Umschlaggestaltung: Michael Dietrich
Redaktion: Cara Berg
Printed in the EU

www.loewe-verlag.de

»Frei ist der Mensch, der in jedem Augenblick
seines Lebens sich selbst zu folgen in der Lage ist.«
Rudolf Steiner

»*Wir* sind unsere Follower.«
Yara

1

Auf einer einsamen Insel gibt es kein Echo. Auf einer virtuellen schon. Kim sagt immer, ohne Likes existierst du nicht. Und dafür brauchst du einen perfekten Körper. Gut, habe ich gesagt, dann zeig mir, wie das geht.

2

Kim war eine Erscheinung. Das sagte jedenfalls Lenny, als sie neu in unsere Klasse kam. Eine Erscheinung. Wahnsinn. Und das aus Lennys Mund, dem sonst nur Worte wie *heiß* oder *geil* einfielen. Wie ein besoffener Gockel ist er anfangs hinter ihr hergetigert, bis er kapiert hat, dass sie nichts von ihm wissen will. Sie wollte von niemandem etwas wissen, saß die Schulstunden ab, in ihren hautengen Markenjeans und High Heels, frischte in den Pausen ihr Make-up auf und machte Duckface-Selfies vor verkümmernden Topfpflanzen. Sie sah aus wie ein YouTube-Star, der in unserer Klasse gestrandet war und eine Strafe absaß. Ihre Augenbrauen waren professionell gezupft und sie hatte so einen speziellen Blick, stechend und hart. Der ging durch und durch. Man versuchte, ihr nicht in die Augen zu sehen, weil man befürchtete, dass sie sonst alles über einen wusste und es eines Tages gegen einen verwenden würde. Genau so fühlte sich das an. Gruselig.

Ab und zu haute sie einen Satz heraus, wenn ein Lehrer es wagte, sie anzusprechen. Der Tomanek fragte sie mal in Musik, welcher Komponist die Brandenburgischen Konzerte verfasst hatte, und sie sagte: *Die Klassik ist voller Arschlöcher.* Dabei verzog sie keine Miene. Sie sagte es wie: *Das war Bach, lieber Herr Tomanek.* Wir hielten alle die Luft an, aber Tomanek bat sie nur freundlich, nach der Stunde zu ihm zu kommen. Wie eine zerbrechliche Vase hat er sie behandelt. Da habe ich zum ersten Mal gedacht, dass sie vielleicht Scheiße erlebt hat.

In unserem Klassenchat war sie eine Art Karteileiche. Sie beteiligte sich nie, aber sie verließ die Gruppe auch nicht. Und das wäre uns allen lieber gewesen. Denn wir fühlten uns nicht mehr sicher. Ihr spezieller Draht zu den Lehrern, ihr Tussi-Getue und ihr abfälliges Desinteresse an allem brachten 'ne Menge Unruhe in unsere Gemeinschaft. Wir erwarteten jederzeit einen digitalen Faustschlag. Aber nichts passierte. Wir interessierten sie einfach nicht. Und das war dann ja eher ein Glück. Denn alle waren sich einig: Kim war eine tickende Bombe. Und schon rein äußerlich war sie das genaue Gegenteil von mir. Sie hatte langes glattes Haar, war größer als die meisten unserer Jungs und unglaublich dünn. Okay, ich war weder sehr klein noch dick. Ich war eher *normal.* Dazu meine rotblonden lockigen Haare und eine sehr helle Haut, die noch nie Make-up gesehen hatte. Ich schminkte mich nur dezent, genau wie Yara, meine beste Freundin, die neben mir saß und mit der ich alles teilte, auch den roten Lippenstift, den wir auf Partys trugen. Oder auf dem Dach. Denn meine Eltern fanden ihn zu nuttig. Himmel. *Nuttig.* Ein bisschen Lippenstift. Sie hätten mal Kim sehen sollen. Die hatte sogar schon ein Tattoo. Am Handgelenk, was wohl bedeutete, dass ihre Eltern sehr liberal waren. In unserer Klasse durfte das keiner. Nur Lenny hatte sich illegal was stechen lassen. Sah aber auch scheiße aus. Das Tattoo von Kim war 'n professionelles. Um einen Planeten mit *Smokey Eyes* und Kussmund schwebte eine Art goldener Saturnring, den seitlich eine Perle zierte. Darunter stand sehr klein *Kim Galaxy. Sie ist nicht von dieser Welt*, sagte Lenny schwärmerisch, als er es zum ersten Mal sah, und grinste wie ein Honigkuchenpferd. Aber Kim sog nur langsam Luft durch die Nase ein und seufzte.

Ab und zu hing sie mit Jungs aus der Oberstufe ab. Mit Mädchen habe ich sie nie gesehen. Bis zu jenem denkwürdigen Tag nach dem schönsten und schrecklichsten Wochenende meines Lebens. Da kam sie zu mir.

3

Es fing mit dem üblichen Irrsinn an: Meine Eltern stritten. Ich lag auf dem Dach neben der Luke zu meinem Zimmer und hatte den Kopfhörer auf den Ohren. 90 Dezibel. Das hatte *Noise-Level* angezeigt oder besser gesagt *Battle-Level.* So nannte ich die App, weil ich mit ihr vor allem den Streitpegel meiner Eltern maß. Jedenfalls reichten 90 Dezibel normalerweise, um meine Ruhe zu haben vor all dem, was um mich herum passierte. 90 Dezibel für eine heile Welt. Heute war mehr nötig. 100. Ich zog den Bügel auseinander.

»Du bist so …«, schrie meine Mutter. Schnell ließ ich die Hörer wieder über die Ohren schnalzen. *So lieb*, dachte ich, *so ein guter Papa, so …* Etwas knallte zwischen die Bässe. Ich nahm den Kopfhörer ab.

»NEIN«, schrie Papa. Dann Stille. Es war nur ein *Nein*, aber die Stille danach war lauter und schrecklicher als alle Schimpfwörter zuvor. Ich knallte die Dachluke zu und ließ mich zurück auf die Ziegel sinken. Sie waren noch ganz heiß, obwohl der Himmel schon verhangen war, eine rosa Wolldecke, angestrahlt von der untergehenden Sonne. Eigentlich der perfekte Hintergrund für ein Selfie. Aber mir schwante schon, dass ich mich an diesen Moment niemals erinnern wollen würde.

Bing. Eine Sprachnachricht. *Bin fertig. Soll ich noch kommen?*

Yara konnte immer kommen, egal wie spät es war. *Bin auf dem Dach*, antwortete ich. Yara schickte einen traurigen Smiley und einen Kussmund. *Dachziegelblues?* Zehn Minuten später kletterte sie über die Regenrinne und legte sich neben mich. Das war keine große Sache. Man musste nur auf eine Mülltonne steigen, dann auf den oberen Rand des Eingangstors, anschließend über die Balkonbrüstung und von da aus konnte man seitlich aufs Dach klettern. Wir hatten das schon hundertmal gemacht, einige Male auch nachts. Dann schaukelten wir im Dunkeln auf dem Spielplatz oder spähten bei Matteo, dem süßesten Jungen der Klasse, ins beleuchtete Fenster und beobachteten ihn dabei, wie er auf einen Punchingball boxte oder an seinem Rennrad herumbastelte. Im letzten Schuljahr konnte ich eine Weile neben ihm sitzen. Er hatte schöne Hände mit langen schmalen Fingern, an denen meist Spuren von Kettenöl klebten. Ich hatte sie oft betrachtet und einmal sogar heimlich fotografiert, unter dem Tisch. Ich hatte geträumt, wie schön ein goldener Ring an einer dieser Hände aussehen würde, und anschließend über mich selbst gelacht, weil es so abartig kitschig war. Yara neckte mich immer damit, dass Matteo und ich das ideale Paar abgeben würden, die *Feierfüchse*, denn wir waren nicht nur auf jeder Party zu finden, sondern auch die einzigen beiden in der Klasse mit rotblondem Haar. Und als Profilbild im Klassenchat hatten wir beide ein Fahrrad: Matteo sein heiß geliebtes Rennrad und ich mein altes Kinderrad, das eingewachsen im Garten stand, von lauter roten Rosen umrahmt wie eine schlafende Prinzessin. Dass ich das Bild extra für Matteo ausgewählt hatte, wusste natürlich nur Yara. Aber die sagte immer, man müsse ja nur eins und eins zusammenzählen. Und das war genau, was ich mir wünschte, dass Matteo eins und eins zusammenzählte.

»Hey«, sagte Yara, als sie sich neben mich plumpsen ließ.

»Hey.« Ich nahm die Kopfhörer ab.

»Frierst du nicht?« Yara berührte meine Hand. »Mensch, du bist ja kalt wie eine Leiche.«

»Dann ist ja gut.«

»War's so schlimm?«

»Schlimmer.«

»Und jetzt?«

»Ich war noch nicht unten.«

»Du sitzt hier seit drei Stunden?« Yara rüttelte an meinem Arm. Ich reagierte nicht. Drei Stunden waren vergangen? Himmel. So lange hatten sie noch nie gestritten. Ich öffnete die Luke einen Spalt und horchte in die Stille, die nichts Beruhigendes hatte.

»Kann ich mit zu dir?«

»Klar, weißte doch.«

Wir lagen beide auf dem Rücken und blickten in die schwarze Nacht. Irgendwo klapperte Geschirr. *Bing.* Eine Nachricht im Klassenchat.

»Josh macht morgen eine Party«, sagte Yara, »er hat sturmfrei.« Wir sahen uns an und grinsten. Dann hoben wir unsere Hände und ließen sie flattern.

»Uhhhhhhhh, der Flüüügel.« Lachend ließen wir uns wieder zurücksinken. Joshs Mutter war Konzertpianistin und ihr Steinway das Herzstück des Hauses. Es durfte nichts darauf abgestellt werden und man sollte sich am besten einen Meter von ihm entfernt aufhalten. Sonst zitterten Joshs Lippen und er sprang panisch auf, um den Flügel zu verteidigen wie ein

Ritter seine Festung. Aber das war bisher nur ein einziges Mal vorgekommen, als Sarah, mit einer Cola in der Hand, rückwärts auf das Instrument zugestolpert war. Josh hatte sich mit einem Hechtsprung dazwischengeworfen. Seitdem deckte er den Flügel mit Yogamatten ab, wenn er Leute einlud.

»Josh ist süß«, sagte Yara, »ob er eine Freundin auch so verteidigen würde?«

»Wenn er sie so liebt wie seine Mutter.«

Yara boxte mich in die Seite. Sie wollte einfach nicht zugeben, dass sie in Josh verknallt war.

»Du Biest.«

»Isabelle!« Durch die Dachluke schimmerte Licht. »Bist du da?«

Mama! Ich legte Yara eine Hand auf den Mund und flüsterte:

»Psssst.«

»Isabelle?« Mama war direkt unter der Luke, die locker auf dem Rahmen lag. Wir hielten die Luft an. Dann ging das Licht aus, eine Tür wurde zugezogen und es war wieder still.

»Hast du nicht abgeschlossen?«

»Vergessen.«

»Mist. Und jetzt?«

»Wir gehen zu dir.«

»Ohne was zu sagen?«

»Jep. Und ich nehm Lilly mit.«

»Du bist verrückt.«

»Nicht verrückter als meine Eltern.«

Lilly war mein Kaninchen und der Star auf meinem Instagramkanal *@rabbitlove4ever*. Da konnte ich sie doch in dieser feindlichen Umgebung nicht zurücklassen. Ich kletterte durch die Dachluke in mein Zimmer, nahm Lilly aus dem Käfig, setzte sie in eine kleine Transportbox und reichte sie Yara. Dann hangelte ich mich wieder auf das Dach und machte Licht mit meinem Handy. »Komm schon.« Ich kletterte vorsichtig zum Rand des Dachs und auf den Balkon. »Worauf wartest du?« Yara sagte nichts und folgte mir zögerlich, während ich ihren Weg beleuchtete. Fast geräuschlos erreichten wir fünf Minuten später den Bürgersteig und kurz darauf Yaras Zuhause.

»Da seid ihr ja.« Ihr Vater faltete seine Zeitung zusammen, als wir ins Wohnzimmer kamen. »Eben hat deine Mutter angerufen. Sie konnte dich nicht erreichen.«

»Ach ja«, sagte ich, »war auf stumm geschaltet.«

»Dann sag ihr am besten gleich Bescheid.« Er bemerkte die Kaninchenbox. »Willst du hier einziehen?«

»Gute Idee.« Yara und ich sahen uns an und grinsten. Dann verschwanden wir in ihrem Zimmer. *Bin bei Yara*, schrieb ich Mama. Dann machte ich das Handy aus.

4

In der Klasse war Joshs Party das Thema des Tages. Kaum drehte sich ein Lehrer zur Tafel, blickten alle unter den Tischen auf ihre Handys, um den Klassenchat zu verfolgen und Beiträge zu posten. Ich hatte Lilly heimlich auf dem Schoß und hielt ihr ein Stück Karotte hin, während ich mit der anderen Hand auf das Display meines Handys tippte. Vor mir saß Olli, groß wie ein Baum, hinter dem ich mich halbwegs verstecken konnte.

»Und wenn sie auf deine Hose macht?«, flüsterte Yara.

»Shit happens.«

Ich kritzelte einen kleinen Kackhaufen auf den Rand von Yaras Heft. Wir kicherten lautlos. Ich streichelte behutsam über Lillys Fell und schloss einen Moment lang die Augen. »Lilly beruhigt mich«, murmelte ich und Yara nickte verständnisvoll. Lenny kündigte im Chat an, eine Flasche Wodka mitzubringen, die sein großer Bruder besorgen könne, was zu einem endlosen digitalen Schlagabtausch führte. Von *Alk is a bitch* bis zu jubelnden Smileys und hochgereckten Daumen war alles dabei. Schließlich beendete Josh die Debatte mit einem kotzenden Smiley, Klaviertasten und einem gebrochenen Herzen. Das verstanden alle. Dann wechselte das Thema zu Klamotten und später zu Übernachten und Musik, bis es endlich klingelte. Ich schielte zu Matteo hinüber, der sich nicht am Chat beteiligt hatte.

»Der kommt bestimmt«, sagte Yara. Mein Blick war ihr nicht entgangen.

»Hauptsache, *du* kommst.«

»Klaro. Wollen wir vorher noch ein bisschen shoppen? Ich brauch ein neues Top.«

Da pirschte sich Matteo heran und blieb direkt vor uns stehen.

»Hey, Isi«, sagte er und zeigte auf Lilly, die nun in meiner Armbeuge lag, »dein Kaninchen hat definitiv das bessere Karma als ich.« Er grinste.

»Warum?«

»Es ist schon im Paradies.« Er seufzte theatralisch, umarmte uns beide und lief schnell Josh hinterher.

»Fährst du nicht nach Hause?«, rief ich ihm nach, denn wir hatten denselben Weg.

»Bin heute bei meinem Vater. Aber wir sehen uns ja später.«

»Oooooh, da muss wohl jemand schmachten.« Suri umarmte mich von hinten und säuselte mir ins Ohr. Yara kicherte.

»Ihr falschen Schlangen«, sagte ich lachend, woraufhin die beiden Zischgeräusche von sich gaben und ihre Arme um mich wanden, bis wir alle drei in ein festes Knäuel verwebt waren. Und dabei fiel mein Blick auf Kim. Ihre Augen glänzten feucht und waren starr auf das Handy gerichtet. Sie schob ihre Zähne über die Unterlippe, kaute darauf herum und sah auf einmal aus wie ein kleines Mädchen, das seine Eltern in der Menge verloren hatte und nicht wusste, was es nun tun sollte. Ich überlegte gerade, zu ihr zu gehen, um sie zu fragen, ob sie Hilfe brauche, da bemerkte sie meinen Blick. Sie fuhr zusammen, als hätte ich sie bei etwas erwischt, fingerte hektisch in ihrem Schminktäschchen herum, holte einen Spiegel heraus und wischte sich mit einem Finger die Lippenstiftreste von den Zähnen. Dann frischte sie ihr Make-up auf, zog den Lidstrich nach und legte neuen Lippenstift auf. Aber es änderte nichts. Ich hatte etwas von ihr gesehen, das sie unbedingt geheim halten wollte. *Bing*, machte mein Handy und eigentlich hätte dieses *Bing* eine laute Explosion sein müssen, 130 Dezibel, denn es zerfetzte alles, was meine heile Welt zusammengehalten hatte. *BINGGGGGG! Komm schnell nach Hause, wenn du mich noch sehen willst, Papa.*

5

Als ich mit Yara auf Joshs Party auftauchte, wurde schon getanzt und bis auf ein paar Chips und Colaflaschen war alles bereits verputzt worden.

»Da seid ihr ja endlich.« Josh stolperte uns entgegen, nachdem er sich durch die tanzende Menge gekämpft hatte. »Haben sie euch im Shoppingcenter eingeschlossen?« Er grinste. Aber dann sah er meine geröteten Augen und Yaras strafenden Blick. Er umarmte mich vorsichtig. »Was ist passiert?« Inzwischen waren auch Suri und Nelly dazugekommen.

»Ist wer gestorben?«, fragte Nelly.

»So ungefähr«, antwortete Yara. »Isis Papa ist ausgezogen. Besser gesagt, er hat einen Job in Tokio angenommen, als Auslandskorrespondent.«

»Ach, deshalb das Pic von Lilly als Mangacomic«, sagte Suri betrübt. Sie nahm meine Hände und streichelte sie. »Aber er kommt doch sicher bald wieder?« Ich schüttelte den Kopf.

»Paul kommt.«

»Paul?«

»Der Scheißpaul.«

Ich schob mich durch die Menge der Tanzenden, die mich freudig begrüßten, und ließ mich auf ein Sofa fallen. Yara setzte sich neben mich.

»Oh, der Platz im Paradies ist frei.« Matteo quetschte sich auf meine andere Seite.

»Das Paradies ist abgebrannt.«

»So heiß ist es da?«

Ich sah Matteo betrübt an.

»Und trostlos … Wir haben jetzt noch etwas gemeinsam«, sagte ich bitter.

»Was denn?« Matteo legte einen Arm um meine Schultern. »Vielleicht unkontrollierbare Zuckungen in den Mundwinkeln?« Er ließ seine Lippen hin- und herwandern, bis er mir schließlich einen Kuss auf die Wange gab.

»Nein, unkontrollierbare Eltern. Besser gesagt, getrennte Eltern.« Matteo wurde schlagartig ernst.

»Oh, Scheiße.«

»Jawoll«, sagte ich, »Scheiße.«

»Hör mal.« Matteo sprach nun ganz sanft. »Ich wohn ja sozusagen um die Ecke. Wenn du mich brauchst … also … komm einfach, ja?« Ich sah ihn an. Seine Augen waren der Hammer, grün wie Kleeblätter. Und einen Moment lang dachte ich, dass dieser grünäugige Prinz mich retten könnte, was auch immer passierte. Ich bräuchte nur aufzuspringen auf sein weißes Pferd.

»Danke.« Ich legte meinen Kopf auf seine Schulter und schloss die Augen. *I'd catch a grenade for ya*, dudelte es aus den Lautsprechern. Matteo nahm mich in den Arm und zog mich hoch.

»*Throw my head on a blade for ya*«, hauchte er mir ins Ohr und bewegte sich langsam mit mir auf die Tanzfläche, während er mich fest an sich drückte und sein warmer Atem meinen Nacken streifte. Matteo war mein bester Freund, solange ich denken konnte. Im Kindergarten hatten wir den Pfützenstrolch gejagt, in der Grundschule Pausenbrote geteilt und auf den ersten Partys war er wie mein Bruder gewesen, einer, bei dem man sich sicher fühlen konnte, weil es keine Hintergedanken gab. Aber dann, vor ein paar Wochen hatte sich plötzlich etwas verändert. Seine Augen waren nicht mehr einfach grün gewesen, sondern kleeblattgrün. Seine Stimme, die so vertraute, hatte mit einem Mal mein Herz in Schwingungen versetzt. Und wenn sich beim Tanzen unsere Wangen berührten, erblühte in mir ein neues zartes Pflänzchen, das sich um mein Herz rankte wie die Rosen um mein Kinderfahrrad.

I'd catch a grenade for ya.

Ich wagte nicht, die Augen zu öffnen, überließ mich seiner Führung, schmiegte mich an seine Brust und hoffte, dass sein Herz ebenso pochte wie das meine. Alles andere verschwamm, wurde unwichtig, driftete ab in die düstere Unendlichkeit.

»Dornröschen«, flüsterte er.

Eine Träne lief mir über die Wange, salzlos vor Glück, und es gab nur noch diesen einen Moment, für alle Zeiten. Ich konnte Matteos Atem spüren, der immer näher kam …

Als ich blinzelte, blickten seine Kleeblattaugen mich liebevoll an. Jetzt könnten wir uns küssen, dachte ich. Die Welt drum herum würde sich drehen und glitzern wie ein Paillettenhimmel. Ich würde endlich die kleine Narbe an seiner Lippe berühren können, die in einem Grübchen verschwand, wenn er lächelte, und seine sanfte Stimme würde mir Liebkosungen zuraunen. Es würde alles gut werden, für immer … Jemand zupfte mich am Ärmel.

»Deine Mutter stand vor der Tür.« Josh zog entschuldigend die Schultern hoch. »Ich hab ihr gesagt, dass du gerade beschäftigt bist. Da ist sie abgerauscht.« Ich brauchte einen Moment, um aus der Ewigkeit aufzutauchen. Matteo lockerte seine Umarmung und ich kam schwankend zum Stehen. Fassungslos starrte ich Josh an.

»Super Moment, echt Mann.« Matteo schüttelte den Kopf. Josh grinste.

»Gerne wieder«, sagte er und verschwand in der Menge.

»Alles okay?« Matteo sah mich besorgt an. Ich versank in seinen grünen Augen, nickte und versuchte, die Gedanken abzuwehren, die sich gewaltsam zwischen uns drängten, mitten hinein in unsere Paillettenewigkeit. »Wollen wir?« Matteo öffnete die Arme und lächelte. Er war so wunderschön. Unsicher lehnte ich mich an ihn und wir wiegten uns wie zuvor. Aber der Zauber war verflogen. Ich tanzte verzweifelt dagegen an, sog Matteos Duft ein, schloss die Augen und ließ mich in seine Arme sinken, die eben noch die ganze Welt gewesen waren. *Was wollte Mama? Warum dieser Paul? Warum ließ Papa mich allein?* Und unerbittlich zog ein grauer Schleier über den glitzernden Paillettenhimmel. Was, wenn Matteo mich auch fallen lassen würde, wenn er etwas an mir entdeckte, was ihm missfiel? Wie konnte ich sicher sein, dass er es ernst meinte? Und wie schrecklich würde es sein, ihm zu begegnen, wenn er mich abgewiesen hatte. Ich müsste ihm immer aus dem Weg gehen, weil es so wehtun würde … Ich hatte meinen Vater verloren, ich wollte nicht auch noch meinen Traum verlieren. Ich wand mich aus der Umarmung und blickte Matteo entschuldigend an.

»Was ist?«

»Ich muss gehen«, sagte ich. Matteo nahm meine Hände und versuchte, mich an sich zu ziehen.

»Dornröschen.«

Meine Augen füllten sich mit Tränen. Ich konnte ihn nicht

länger ansehen. Dieser Traum war alles, was ich hatte. Ich drehte mich um und flehte Yara an.

»Bitte lass uns gehen.«

»Jetzt schon? Wir sind doch gerade erst gekommen.« Ich fiel ihr um den Hals und drückte sie fest. »Was ist mit Matteo? Er sieht dich an wie ein verliebter Pudel.«

»Ach was. Bitte lass uns gehen«, drängte ich.

»Ich versteh's zwar nicht, aber wenn du meinst …« Yara verabschiedete sich achselzuckend von Matteo und flüsterte ihm etwas zu. Er nickte und umarmte mich.

»Gute Besserung. Du weißt ja, wo du mich findest.«

»Danke.«

Es war ein merkwürdiger Abschied, als wäre etwas kaputtgegangen und wir würden so tun, als sei nichts passiert. Schnell bahnte ich mir einen Weg durch die Menge all meiner tanzenden Freunde, die mir zulachten und mich begrüßten. Kurz darauf waren wir draußen und liefen einige Minuten wortlos nebeneinander her. Schließlich brach Yara das Schweigen.

»Ich kann es nicht fassen, Isi. Was war *das* denn?« Sie gestikulierte wild in der Luft herum. »Das war doch der perfekte Moment. Die ganze Zeit wartest du darauf. Und dann lässt du Matteo einfach abblitzen? Ich fass es nicht.« Yara blieb stehen und sah mich an. Sie wartete auf eine Reaktion, aber ich lief einfach weiter, drehte mich nicht um, sagte kein Wort. Ich verstand mich selbst nicht. »ISI, jetzt warte doch!« Yara rannte hinter mir her. »Ich versteh ja, dass dich das mit deinen Eltern fertigmacht, aber Matteo …«

»Gar nichts verstehst du«, sagte ich scharf. »Deine Eltern sind zusammen.« Yara starrte mich an.

»Isi, ich bin's, deine beste Freundin. Das meinst du nicht ernst, oder?«

Tränen liefen mir über die Wangen und der sternenlose Himmel hing wie eine Bleidecke über uns. Ich schlang meine Arme um Yara und drückte sie fest an mich.

»Tut mir leid«, sagte ich, »ich weiß auch nicht …«

»Schon okay.«

»Ich geh nach Hause, was immer das auch ist. Wir sehen uns in der Schule.«

»In der Schule? Wir haben Wochenende. Willst du dich die ganze Zeit verkriechen? Isi, komm schon.«

»Ich ruf dich morgen an.« Und bevor Yara noch etwas sagen konnte, gab ich ihr ein Küsschen und bog schnell in die nächste Straße ein.

»Mein Handy ist an – die ganze Nacht!«, rief sie mir nach. Aber ich antwortete nicht mehr, lief einfach weiter, immer weiter, am Haus meiner Eltern …, nein, meiner Mutter vorbei, bis zum Spielplatz, wo ich mich auf die Schaukel setzte und weinte. Alles fühlte sich plötzlich falsch an. Ich nahm mein Handy aus der Tasche und gab *Tokio* ein, dann *Hamburg*. 8994 Kilometer! So weit entfernt würde Papa nun leben. Dann gab ich meine Straße und die von Matteo ein. 214 Meter. So nah wohnte Matteo. Und beide waren sie unerreichbar. In Tokio ging jetzt gerade die Sonne auf. In meinem Herzen ging sie gerade unter.

6

Den Samstag verbrachte ich mit Lilly. Wir lagen zusammen auf der Bettdecke und mümmelten Karotten. Ich machte ein paar Fotos von ihr für Instagram, war aber nicht zufrieden mit den Ergebnissen. Ich brauchte irgendetwas Neues und sah mir wahllos einige Tutorials auf YouTube an. Am Mittag kam Mama mit einem Teller Suppe herein.

»Bist du krank?«, fragte sie vorsichtig und setzte sich auf den Bettrand.

»Hm«, machte ich. Mama streichelte Lilly.

»Lilly auch?«

»Hm.«

»Ich weiß, dass das alles schwer für dich ist …«, begann sie, schwieg aber gleich wieder und rührte mit dem Löffel in der Suppe herum. Sie sah heute auffällig hübsch aus, hatte die rotblonden Locken hochgesteckt, war dezent geschminkt und trug ein enges Kleid mit einem tiefen Ausschnitt. »Hör mal, Schätzchen, ich bleib zu Hause, wenn du mich brauchst.« Sie strich mir über das Haar. »Ich kann die Verabredung auch absagen.«

»Nein«, sagte ich grimmig, »das kannst du dem Paul doch nicht antun. Geh lieber zu ihm. Oder hast du schon wieder einen Neuen?« Mama sah mich entsetzt an und sofort tat es mir leid.

»Nein, Isabelle«, sagte sie streng, »ich habe keinen Neuen.

Und dein Papa ist auch kein Heiliger, den du bis aufs Blut verteidigen musst. Die Dinge können sich ändern. Das ist nun mal so. Und es tut mir sehr leid.« Sie blickte mich traurig an. »Paul ist kein schlechter Mensch. Und ich auch nicht. Gib ihm eine Chance.« Es klang wie ein Satz aus einer dieser billigen Vorabendserien. Ich lachte bitter.

»Nachdem ihr mein Leben zerstört habt?«

»Dein Leben können wir nicht zerstören.« Mama liefen Tränen über die Wangen, die sie schnell wegwischte. Ich hasste mein schlechtes Gewissen, denn ich fand, dass es in diesem verdammten Fall nur mir zustand, traurig zu sein. »Dein Leben kannst nur du selbst zerstören.« Teil zwei der Vorabendserie. Mama stand auf und stellte die Suppe auf meinen Schreibtisch. Es klingelte an der Tür. »Ich hab das Handy dabei. Bitte melde dich, wenn du mich brauchst, ja?« Ich antwortete nicht. Ich brauchte niemanden, der mich deprimierte. Ich hörte, wie Mama die Tür öffnete und ein Mann mit pelziger Stimme sie freudig begrüßte. Kurz darauf fiel die Tür ins Schloss und eine unerträgliche Stille blieb zurück. Ich setzte die Kopfhörer auf und zog die Lautstärke hoch. 80 Dezibel. *Die Dinge können sich ändern*, hatte Mama gesagt. Die *Dinge*. War unsere Familie ein *Ding*? War ich ein *Ding*? War ich auch austauschbar, wie Papa? Wie irgendein Möbelstück? 90 Dezibel. Etwas donnerte in einem anderen Takt. Ich öffnete die Augen. Yara trommelte von außen auf die Dachluke und zog erleichtert die Augenbrauen hoch, als ich die Kopfhörer abnahm. Ich öffnete das Fenster.

»Na endlich!«, sagte Yara, »ich dachte schon, ich müsste hier übernachten.« Sie schüttelte ihre Hände aus. »Kommst du rauf oder soll ich reinkommen?«

»Ich komm schon.« Ich kletterte durch die Luke und setzte mich neben Yara auf die Dachziegel. »Luft.« Es tat wirklich gut. »Da unten wäre ich fast erstickt.«

»Hauptsache, du lässt den Gashahn zu.« Yara umarmte mich und gab mir ein Küsschen. »Du Huhn, rufst mich einfach nicht an.«

»Bog bog bog.« Ich flatterte mit angewinkelten Armen.

»Na, zum Glück geht es dir wieder besser.«

»Besser? Als Huhn?«

»Ich hab den Neuen von deiner Mutter gesehen. Sag mal, wie alt ist der eigentlich?«

»Warum?«

»Sieht aus wie so ein Typ aus dem Fitnessstudio, höchstens 30.«

»Die Dinge ändern sich eben.«

»Hä?«

»Hat meine Mutter gesagt: Die Dinge ändern sich.«

»Na, dann änderst *du* einfach auch die Dinge.« Arme Yara! Wenn sie gewusst hätte, was sie damit in Gang setzte.

»Wie meinst du das?«

»Eine Ehe ist doch so eine Art Abmachung, oder?«, fragte Yara. »Sie haben sich also nicht an die Abmachung gehalten. Dann musst du dich ja auch nicht an Abmachungen halten, oder?« Ich setzte mich auf.

»Hey, du hast recht.« Ich zog das Gummi aus meinen Haaren und verstrubbelte sie. »Weißt du, wie ich Montag in die Schule gehe? Ich werde mir die Haare toupieren, die superkurze Jeans mit den Strasssteinen anziehen und ich werde mich schminken wie Nadja Nice, *die* Nadja Nice.«

»Bist du verrückt? Musst es ja nicht gleich übertreiben.«

»Warum? Wennschon, dennschon.« Yara rollte mit den Augen.

»Ich weiß nicht. Das geht bestimmt nach hinten los. Und Matteo wird das auch nicht so toll finden. Der steht auf deinen natürlichen Look.«

»Hey, ich mach mich doch nicht für einen Kerl zurecht, der mich vielleicht irgendwann sitzen lässt. Außerdem will er eh nix von mir wissen.«

»Was für ein Quatsch ist das denn? Wir reden über Matteo, *deinen* Matteo, den Held deiner Träume, mit dem du ewig zusammen sein wirst. Das hast du doch selbst gesagt!«

»Die Dinge ändern sich«, beharrte ich. »Was ist schon sicher? Ich dachte auch, dass meine Eltern ewig zusammenbleiben würden. Und nun?« Ich klatschte in die Hände. »Alles vorbei.«

»Klar gibt es keine Sicherheit.« Yara rüttelte verzweifelt an meinem Arm. »Aber du kannst doch nicht einfach deinen Traum aufgeben, nur weil …«

Ich unterbrach sie mit einem schrillen Lachen.

»Yara, du hast es nicht verstanden. Ich will meinen Traum bewahren. Ich will ihn nicht an eine Scheißrealität verlieren.«

»Aber mit der *Ich-schmink-mich-wie-Nadja-Nice-Nummer* verlierst du ihn garantiert. Wer steht denn auf so was?«

»Ich find's eigentlich ganz cool. Mal was anderes. Und wenn Matteo ernsthaft an mir interessiert ist, dann dürfte ihn ein neuer Look nicht abschrecken, oder? Ist doch ein guter Test.«

»Na, ich weiß nicht. Ich hab gar kein gutes Gefühl dabei.«

»Du musst ja nicht mitmachen.«

»Nein, sicher nicht.« Yara wirkte plötzlich sehr niedergeschlagen, während ich ganz aufgekratzt war und auf meinem

Handy das neueste Schmink-Tutorial von *NadjaNice* aufrief. »Isi«, versuchte sie es verzweifelt, »das bist du nicht.« Aber ich reagierte nicht und starrte verzückt auf das Display meines Handys, als könnte ich da die Lösung für alle meine Probleme finden.

»Das wird ein Schocker.«

»Ja«, sagte Yara betrübt, »das wird es sicher.« Und ehrlich gesagt, Nadja Nice sah tatsächlich *nuttig* aus. Aber auch verdammt cool. Und alles war besser, als einfach so weiterzumachen, als ob nichts geschehen wäre. Yara redete weiter auf mich ein, aber ich hörte nicht mehr zu, verfolgte gebannt, wie Nadja Nice sich das Make-up auftrug, wie sie ihre Lippen umrahmte und anschließend mit einem Pinsel knallrote Farbe auftrug. Wie sie glücklich in die Kamera strahlte, als sie fertig war, sich im hautengen Minirock um sich selbst drehte und sagte, dass sie sich wie neugeboren fühle. Ja, genau das wollte ich, eine Neugeburt. Und zwar eine aufsehenerregende, schockierende Neugeburt, die granatenmäßig in unsere Straße einschlagen und einen tiefen Krater sprengen sollte. Krawumm!

Bing! Wir blickten auf unsere Handys. Mein Herz schlug sofort gefühlte 30 Dezibel lauter. Ich konnte es nicht verhindern.

»Wow«, lachte Yara triumphierend, »*das* ist die Lösung, Isi, nicht Nadja Nice.« Ich starrte auf das Foto, das Lenny im Klassenchat gepostet hatte, von Matteo und mir, eng umschlungen tanzend wie ein Liebespaar und angestrahlt von Hunderten farbiger Reflexionen der Discokugel. Der Paillettenhimmel ... der trügerische Paillettenhimmel. »Wie auf einem Plakat zu 'nem Liebesfilm«, schwärmte Yara, »ein

Traum, oder?« Sie schüttelte mich sanft. »Isi, er wird wahr.« Ich reagierte nicht. »Yara an Erde, biep, biep.« Yara pikste mir mit den Zeigefingern in den Bauch. »Schau es dir an!« Sie hielt ihr Handy nah vor meine Augen. »Siehst du, es ist wahr. Es ist wirklich passiert. Keine Einbildung. So sieht keiner aus, der dich sitzen lässt.«

»Yara, hör auf.« Ich schob ihre Hand weg. »Wirst du dafür bezahlt?« Yara sah mich entsetzt an.

»Du willst doch nicht etwa …«

»Doch, genau.« Ich hielt mein Handy in die Höhe, sodass Yara das Display gut sehen konnte, und drückte auf *Löschen.* Das Foto verschwand geräuschlos … wie der Boden unter meinen Füßen, wie alles, worauf ich gesetzt hatte. Yara stieß einen spitzen Schrei aus.

»Bist du irre?« Ich versuchte ihrem flehenden Blick standzuhalten. Es kostete mich all meine Kraft. Schließlich gab Yara auf und sah traurig auf ihr Handy, das pausenlos Geräusche von sich gab. »Alle liken es«, sagte sie matt, »Suri hat zwei Füchse gepostet, mit einem Herz dazwischen … Und Josh eine Flamme …«

Ich sagte nichts, presste meine Lippen aufeinander und starrte auf einen unbestimmten Punkt in der Ferne, während Yara mir beschwörend die Kommentare vorlas und beschrieb wie einer Blinden.

Für einen dramatischen Smokey-Eyes-Look brauchst du folgende Produkte … Nadja Nice lächelte von meinem Display.

»Ich geh jetzt«, sagte Yara traurig, »bitte überleg es dir noch mal. Mach nicht alles kaputt, was dir wichtig ist.« Sie umarmte mich und kletterte über den Rand des Dachs davon. Kaum war sie verschwunden, löste sich etwas Unkontrollierbares tief in mir drin und quoll mit aller Macht hervor. Ich schluchzte laut auf und drückte wie wild auf meinem Handy herum, aber das Foto war verloren. Ich verstand mich selbst nicht mehr.

»Yara«, brüllte ich ihr hinterher, »Yara.« Zu spät. Ich rief die Kontaktliste in meinem Handy auf und presste einen Finger auf *Yara*. Während die Verbindung gesucht wurde, erschien auf dem Display ein Foto von uns, wie wir uns lachend umarmten, beide mit Sahne auf den Nasen. Durch die Dachluke hörte ich eine Tür quietschen. Schnell drückte ich auf *Beenden* und stellte das Handy auf lautlos.

»Isabelle?« Mama war in meinem Zimmer.

»Ist sie nicht da?« Paul! Ich rührte mich nicht.

»Wahrscheinlich ist sie wieder bei Yara, ihrer besten Freundin«, sagte Mama.

»Hmmmm«, machte Paul, »ich hätte da eine Idee, wie wir die Zeit nutzen könnten.« Ich hörte schmatzende Geräusche. Igitt. Mama kicherte, Paul brummte wie ein Kater. »Hatschi«, machte er plötzlich, gleich drei Mal hintereinander. »Verdammt, gibt es hier irgendwelche Viecher?«

Mein Handy vibrierte. *Yara* stand auf dem Display, über unserem Foto.

»Was ist das?«, fragte Paul. »Klingt wie ein Handy.« Ich drückte den Anruf weg. »Das kam von da oben.« Eine kräftige Pranke schob sich aus der Dachluke und krallte sich daran fest. Ich hielt die Luft an.

»Vorsicht«, sagte Mama, »der ist wackelig.«

»Ach was«, sagte Paul, »ha… ha… hatschi«, machte er. Und dann verschwand die Hand und es rumpelte laut. Paul schrie auf, es gab einen dumpfen Schlag und dann war es wieder still.

»Hast du dir wehgetan?«, fragte Mama.

»Nein, verdammt«, fluchte Paul. Und endlich verließen sie mein Zimmer und die Tür knallte zu. Das musste Paul gewesen sein. Bei Mama klackte es nur leise, wenn sie die Tür heranzog. Und Papa drückte immer die Klinke herunter. Paul knallte Türen. Scheißpaul. Ich tippte eine Nachricht an Papa ins Handy. *Paul knallt Türen ... Bist du schon in Tokio? Gibt es da Rothaarige?* Die Antwort kam sofort. *Meine Hamsterbacke, hier ist es mitten in der Nacht. Ich kann nicht schlafen. Die Zimmertüren sind hier aus Papier und zum Schieben. Die Klobrille ist beheizbar und ich hab mir am ersten Tag fast den Hintern versengt. Rothaarige habe ich noch nicht gesehen, nur massenhaft junge Menschen mit Öhrchen-Mützen. Ich halte die Augen auf. Ich hab dich lieb. Dein Papa.*

Bing! Ein Foto von Papa im Schlafanzug, vor einer weißen Papierwand mit einem schwarzen Holzrahmen. Ich ließ mich auf das Dach zurücksinken und blickte in den blauen Himmel. 8994 Kilometer. Das war gefühlt auf der anderen Seite der Erde.

7

Als ich Hunger bekam, kletterte ich über Balkon und Tor auf den Gehweg und schloss von außen die Wohnungstür auf.

»Da bist du ja.« Mama kam mir im Flur entgegen und umarmte mich. »Jetzt musst du unbedingt Paul kennenlernen.« Und schon stand er neben mir und hob die Hand.

»Hi, ich bin Paul.« Er war riesig und hatte kräftige breite Schultern und ein gebräuntes, rundes Gesicht.

»Hi«, sagte ich leise und schlurfte an ihm vorbei in die Küche. »Ich hab Hunger.«

»Ich koche gerade«, sagte Mama.

»Ich hol mir nur eine Banane und mach mir ein Brot.«

»Unsinn«, sagte sie nervös, »du isst natürlich mit uns.«

Wie das klang, *mit uns*. Als sei es schon immer so gewesen, als hätte Paul einfach so Papas Platz eingenommen.

»Keine Zeit«, log ich, »ich muss noch Hausaufgaben machen.«

»Heute? Samstagabend?« Mama zog eine Augenbraue hoch.

»Ja«, sagte ich bestimmt, »heute, Samstagabend.« Ich ging an ihr vorbei, holte mir eine Käsescheibe aus dem Kühlschrank, legte sie auf ein Stück Toastbrot, nahm eine Banane aus der Obstschale und schob mich an Paul vorbei die Treppe hoch.

»Isabelle«, rief Mama. Ich zog leise meine Tür zu und

schloss sie ab. Dann nahm ich Lilly aus dem Käfig und setzte sie auf mein Bett. *Bing!* Eine Nachricht von Matteo. Sofort schlug mein Herz wie verrückt. *Schönes Foto, oder?*, schrieb er. Und noch einmal *Bing! Ich bin zu Hause*, mit einem zwinkernden Smiley. Ich starrte auf das Display. Noch konnte ich zurück. Er wartete auf mich. Wenn ich jetzt zu ihm gehen würde … Das wäre ganz leicht, nur 214 Meter. Zu Matteo konnte ich auch ungeschminkt gehen, sogar im Schlabberpyjama, ungekämmt und ungewaschen, mit Milchbart und Gummistiefeln. Er würde mich in seine Arme schließen und ganz fest halten. Auf Matteo konnte ich mich doch immer verlassen. Er beschützte mich, wenn mich jemand dumm anquatschte. Er war mein Oberon beim Sommernachtstraum gewesen. Er hatte mich zum Schulbüro getragen, als ich mir den Fuß verstaucht hatte. Er wartete im Schwimmbad auf meinen Blick, bevor er vom 10-Meter-Turm sprang. Und letzte Nacht hatte er mich eingeladen, zu ihm zu kommen, wenn ich ihn brauchte. Meine neuen Vorsätze verschwammen wie Wasserfarben auf dem Papier: Angst mischte sich mit Sehnsucht, Trauer mit rosaroter Hoffnung. Ich warf das Handy aufs Bett, riss die Tür auf und sprang die Treppe hinunter. So schnell ich konnte, jagte ich die Straße entlang, bis ich vor Matteos Haus stand, atemlos, mit zittrigen Knien und einem prall gefüllten Herzen. Ich blickte durch sein Fenster. Da stand er, mein Prinz. Ich wischte all meine Ängste fort, die sich düster in meine rosa Gedanken drängen wollten. Yara hatte recht, wir gehörten zusammen. Und Matteo würde mich niemals …. Und da sah ich plötzlich Lenny, der sich an Matteo drückte, als wollte er mit ihm tanzen. Wie er dabei die Augen schloss und die Lippen spitzte, als wartete er darauf, geküsst zu werden. Matteo schob ihn grinsend weg. Und dann ... schlugen sie die Hände ein und krümmten sich vor Lachen. Es traf mich wie eine Ohrfeige und löschte alles Rosa aus. Ich duckte mich sofort hinter eine Hecke. Mein Herz gefror. Ich wollte schreien, aber die Dunkelheit presste sich gegen meine Brust und eine riesige Monsterwelle riss mich mit und spülte mich auf die offene See.

Wie ein Schatten der Isi, die vor fünf Minuten aus dem Haus gesprungen war, schlich ich nach Hause zurück und unbemerkt in mein Zimmer. *Es war eine Wette*, schrieb ich Yara. *Diese ganze Dornröschen-Pailletten-Platz-im-Paradies-Show war eine Scheißwette. Und Matteo hat gewonnen.* Nun war es traurige Gewissheit. Ich hatte auch noch meinen Traum verloren.

8

Den Sonntag verbrachte ich mit *Nadja Nice*. Ich sah mir alle Tutorials von ihr an, die ich finden konnte, und zerrte jene Klamotten aus der hintersten Ecke meines Schranks, die Mama mir für die Schule verboten hatte zu tragen: zu knappe Shorts, zu kurze oder zu enge Shirts, zu hohe Schuhe, zu tiefe Ausschnitte, zu viel Glitzer oder zu trashige Farben. Außerdem kramte ich knallblauen Eyeliner aus einer Schublade und einen babyrosanen Lippgloss. Das sollte erst mal reichen. Ich ignorierte alle Nachrichten auf meinem Handy, stellte die *Imagine Dragons* auf Saallautstärke, probierte verschiedene Looks aus und betete meine neue Losung rauf und runter: *Manchmal ändern sich die Dinge*. Lilly verpasste ich ein hellblaues Glitzerhalstuch und postete ein Foto von uns beiden auf *@rabbitlove4ever*, mit dem Kommentar: *Lilly hatte Lust auf Neues*. Es wurde gleich von einigen Followern gelikt und @kelly9 schrieb: *Mein Kaninchen Diego hat sich unsterblich in Lilly verliebt*. Ich wechselte Lillys Look und schnitt zwei Löcher in eine alte Puppenmütze, die ich ihr so überstülpte, dass ihre Ohren herausstanden. Unter das Pic postete ich: *Lilly steht auf japanische Öhrchenmützen*. Die Likes taten gut. Immerhin gab es da draußen noch menschliche Wesen, denen gefiel, was ich machte.

So gerüstet betrat ich am Montag in meinem neuen Outfit das Klassenzimmer. Es wurde schlagartig still.

Alle starrten mich an.

»Guten Morgen, ihr Spacken«, sagte ich in bester Kampfeslaune. »Was glotzt ihr denn so?« Ich schritt den Mittelgang entlang, bis ich bei meinem Platz ankam. Yara saß auf der Stuhllehne und hatte ihr Handy in der Hand.

»Wir haben eine neue Mitschülerin«, sagte Lenny, »Isi-Porn-Bella.« Ich gab ihm einen Klaps auf den Po.

»Es ist nicht alles Porn, was funkelt, du Hirni.«

»Hey, hey«, sagte Lenny, »was läuft denn hier für 'ne Wette? Hast du bei *PKW Action* verloren?« Ich zwinkerte zwischen meinen falschen Wimpern hindurch zu Matteo, der keine Miene verzog und mich reglos anstarrte.

»ICH nicht«, schmetterte ich Lenny entgegen, »aber du offensichtlich.« Ich hielt ihm die Hand hin und wartete darauf, dass er einschlug. Lenny zögerte.

»Ich komm grad nicht mehr mit.«

»Ach nee?« Ich ließ die Hand wieder sinken.

»War ich so besoffen oder was?« Lenny grinste mich unsicher an. So ein Verräter. Yara nahm meine Hand und zog mich zu sich.

»Isi«, sagte sie leise, »du irrst dich. Es gab keine Wette.« Und nun kam auch noch Matteo dazu. Er schob sich an Lenny vorbei und sah mich von oben bis unten an. Dann umarmte er mich wie üblich zur Begrüßung und flüsterte mir ins Ohr.

»Ich hab auf dich gewartet.« Es tat weh, seine Stimme zu hören, und haute mich fast um.

»Ich war beschäftigt«, flunkerte ich, ohne ihn anzusehen.

»Warst du beim DSDS-Casting?«, johlte Mohammed und wackelte mit den Hüften.

»Nein«, sagte ich ruhig, »ich trag ein paar alte Klamotten auf.« Ich setzte mich auf meinen Stuhl.

»Und dein Kaninchen wohl auch?«, rief Kofi von hinten.

»Korrekt. Und es freut sich über Likes.« Ich reckte einen Daumen in die Luft.

Matteo schob sich vor mich auf die Tischkante und blickte mich an. Die Kleeblattaugen. Mir war zum Heulen zumute. Ich musste wegsehen. Inzwischen hatten sich die anderen wieder abgewandt und redeten miteinander. Matteo beugte sich zu mir herunter.

»Isabelle.« So nannte er mich sonst nie. »Was ich gesagt habe, gilt immer. Ich bin da, okay? Ich weiß, wie scheißweh so was tut. Hatte wenigstens meinen Bruder.« Er kam ganz nah heran. Er roch so gut, so vertraut. »Ich kann da durchsehen«, sagte er und tippte mir an die Stelle über meinem Herzen. Der Poschek kam herein und alle liefen schnell zu ihren Plätzen.

»Guten Morgen«, sagte er und warf seine Tasche aufs Lehrerpult. Dann sah er mich. »Isabelle?« Ich nickte entschieden. »Ist heute irgendwas Besonderes?« Ich zögerte. Ich konnte doch nicht sagen: *Ja, meine Eltern haben sich getrennt und Matteo hat mich hintergangen und der Scheißpaul zieht bei uns ein.*

»Ja«, meldete sich Matteo. »Es gibt was zu feiern.«

»Und was?« Poschek sah ihn erwartungsvoll an.

»Heute ist Welttofutag.« Matteo drehte sich zu mir und grinste.

»Wie bitte?« Einige kicherten. Poschek kratzte sich am Ohr. »Ich werde das Thema jetzt nicht vertiefen«, beschloss er und wandte sich an mich. »Ich gehe also davon aus, dass du morgen wieder *normal* angezogen in die Schule kommen wirst, nachdem du heute ausgelassen gefeiert hast?« Er zog die Augenbrauen hoch. Und damit wandte er sich dem Smartboard zu und schrieb eine komplizierte Gleichung auf. Während der Klassenchat sofort auf Hochtouren lief, sahen Matteo und ich uns an. Ich lächelte. Er hatte den Test bestanden. Aber die Wette verzieh ich ihm nicht. *Bing*, machte mein Handy. Ich sah beiläufig auf das Display, rechnete mit Kommentaren meiner Freunde. Aber diese Nachricht kam von einem anderen Stern, aus einer anderen Galaxie … Sie war von Kim.

NadjaNice ist out. Willst du Tipps?

»Hey, du guckst so komisch. Schlechte Nachrichten?« Yara beugte sich zu mir herüber, um auf mein Handy zu sehen. Aber ich zog es weg. Ich wusste auch nicht wieso und es war auch das erste Mal, dass ich etwas vor Yara verbergen wollte. »Liebesgeflüster?« Ich nickte. Und es war auch das erste Mal, dass ich Yara anlog. Sie grinste. »Es hat ihn nicht abgeschreckt.«

»Was?«

»Dein Look.«

»Ach so. Scheint so.« Jetzt kam ich aus der Nummer nicht mehr raus. Yara war zufrieden, aber in mir rumorte ein mieses Gefühl. Plötzlich hatte ich Heimlichkeiten mit Kim. Ich starrte auf ihre Nachricht und sah an der Statusleiste, dass sie noch online war. Wartete sie auf eine Antwort? Ich gab *Nein danke* ein, löschte den Text aber gleich wieder. Dann suchte ich ein passendes Emoji, fand aber keines. Schließlich steckte ich das Handy weg. Keine Antwort war auch eine Antwort.

»Ziehst du nachher einen Glitzer-Bikini an?« Yara zeichnete einen weiblichen Oberkörper auf den Rand meines Hefts und drüber kritzelte sie einen Bikini, aus dem die halbe Brust rausguckte. Montag war unser Schwimmtag.

»Heute geht's nicht.« Ich schwindelte schon wieder.

»Oh nein«, sagte Yara. »Deine Mutter?«

Ich nickte, denn das kam mir nur wie eine halbe Lüge vor. Einfach so weiterzumachen, als sei nichts geschehen, den Gefallen wollte ich Mama nicht tun. Papa in die Wüste zu schicken, einen türenschlagenden Spacko anzuschleppen und dann zu hoffen, dass ich begeistert auf diesen Familienexodus reagierte, war wie ein wilder Ritt über ein Minenfeld. *Ich* war das Minenfeld.

Poschek rief Kim auf. Das kam äußerst selten vor und brachte ihm einen mörderischen Blick ein. Wahnsinn. So hätte ich gern den Scheißpaul angeguckt. Langsam nahm Kim ihr Kaugummi aus dem Mund und strich ihre langen Haare über eine Schulter. Sie war perfekt geschminkt und es gefiel mir tatsächlich besser als der Nadja-Nice-Look.

»Ich hab Arithmophobie.« Es klang vernichtend. »Unheilbar.«

»Bitte?« Poschek zog einen Mundwinkel hoch, entschied sich dann aber doch gegen ein Grinsen.

»Arithmophobie.« Kim rollte mit den Augen. Mehr hatte sie nicht zu sagen. Sie steckte das Kaugummi wieder in den Mund und blickte Poschek gelangweilt an.

»Fräuleinchen«, sagte er und hob mahnend einen Zeigefinger. »Wir sprechen uns nach der Stunde.« Unter der Bank gab ich das Wort in mein Handy ein. *Arithmophobie ist die Angst vor Zahlen.* Ha, Poschek war bedient. Er änderte seine Strategie, holte einen Stapel Hefte aus seiner Tasche und klatschte jedem eines auf den Tisch. Die Mathearbeit.

»Wurzelziehen hat nichts mit Gartenarbeit zu tun, Nelly.« Klatsch!

»Und die Aufforderung, eine *Unbekannte* zu suchen, sollte dich nicht dazu veranlassen, frühzeitig den Raum zu verlassen, Kofi.« Klatsch!

Bei Kim zögerte er einen Moment. Man konnte fast hören, wie das Getriebe in seinem Hirn ratterte. Er schien auf etwas sehr Klebrigem zu kauen. Dann ließ er das Heft, das nur aus wenigen Seiten bestand, auf Kims Tisch segeln. Und es segelte wirklich. Daneben knallte er einen Kugelschreiber.

»Die Schule spendiert dir gnädigerweise dieses edle Schreibwerkzeug, damit du nicht mehr mit Kajal scheiben musst.« Er spitzte genüsslich die Lippen. »Setze es wohlüberlegt ein.« Kim würdigte ihn keines Blickes. Sie öffnete das Heft, überflog die zwei Seiten und schloss es wieder. Dann drückte sie ein transparentes Gel aus einem Fläschchen und rieb sich ausgiebig die Hände ein. Das war so ein Tick von ihr. Ständig desinfizierte sie ihre Hände mit dem Zeug. Sie schien nicht nur Angst vor Zahlen zu haben. Poschek rümpfte die Nase und wandte sich wieder dem Smartboard zu. Ich blickte sofort auf mein Handy, denn ein Gedanke ließ mich nicht mehr los. *Angst vor Essen* tippte ich in die Suchmaske. *Cibophobie.* Volltreffer! Die erste Mine konnte detonieren.

9

»Bitte?« Mama reagierte genau wie Poschek. »Was hast du?«

»Cibophobie.«

»Und was soll das sein?«

»Angst vor Essen.« Mama schnaubte wie ein Gaul. Die Lasagne stand dampfend auf dem Tisch, der für drei Personen gedeckt war. Paul saß auf Papas Platz. Es gab sogar Servietten mit bunten Blumen.

»Was soll das?«, fragte Mama. Ihre Stimme war dünn wie Pergamentpapier. »Und wie siehst du überhaupt aus?«

»Nuttig«, sagte ich. »Ich geh hoch.« Uhh, ausgerechnet Lasagne. Ich *liebte* Lasagne. Paul nieste in eine Blumenserviette. Mama ließ sich auf ihren Platz fallen. Sie wirkte verstört.

»Cibophobie gibt's wirklich«, nuschelte Paul durch die Serviette hindurch und häufte sich anschließend eine doppelte Portion auf seinen Teller, »hab ich mal irgendwo gelesen, Wartezimmer oder so.« Er stopfte sich ein Riesenstück Lasagne in den Mund. Ich schlich die Treppe hoch, setzte mich auf die oberste Stufe und lauschte weiterhin, was unten passierte.

»Sie hatte noch nie vor irgendetwas Angst«, sagte Mama. »Noch nie.«

Doch Mama, du hast es nur nicht gemerkt. Ich hatte Angst davor, dass ihr euch trennt, Papa und du. Meine Stunden auf dem Dach, mit Kopfhörer, während ihr euch angebrüllt habt.

Du hast nie etwas gemerkt. Ich habe die Sterne gezählt, die Wolken, die Vögel. Ich habe um mein Leben gezählt. Verdammt.

Paul schmatzte. Mama weinte. Ich konnte nicht fassen, dass sie Papa für diesen Hirni verlassen hatte, der die Sensibilität eines Rasenmähers und die Kauwerkzeuge eines Steinbeißers hatte.

»Das wird schon wieder.« Kussgeräusche. Bäh. »Die ist doch in der Pubertät. Da sind sie eh alle kleine Ungeheuer, oder?« Er schien die nächste Ladung intus zu haben und nuschelte. »Ich werd mal mit ihr reden, kenn mich da aus. Man muss nur an den richtigen Schräublein drehen … Das wird.« Ich war tatsächlich im falschen Film gelandet. Hatte er Mama Drogen gegeben? Sie hypnotisiert? Warum warf sie diesen Windbeutel nicht im hohen Bogen hinaus?

»Kennst du das von deinen Kindern?« Sie ging ernsthaft auf ihn ein. Moment mal - *deinen Kindern*? Der hatte Kinder? Und würden die auch bald hier einziehen?

»Jep«, sagte der Steinbeißer.

»Ich weiß nicht«, sagte Mama und das war definitiv nicht das klare Nein, das ich erwartet hatte. Ich verzog mich in mein Zimmer. Ich spürte sofort, dass etwas nicht stimmte. Lilly. Der Käfig stand offen. Ich starrte durch das Gitter, aber sie war nicht da. Ich wühlte mich durch das ganze Zimmer und sämtliche Klamottenstapel. Ich blickte unter jedes Möbelstück. Nichts. Ich durchsuchte alle Zimmer des oberen Stockwerks. Lilly war weg. Panisch durchsuchte ich das ganze Haus.

»Wo ist Lilly?« Paul häufte sich gerade den letzten Rest Lasagne auf den Teller.

»Lilly? Ist das deine Freundin?«, fragte er scheinheilig und wich meinem Blick aus.

»Mein Kaninchen«, schrie ich ihn an, »das *Viech*, auf das du allergisch reagierst. Wo ist sie?« Mamas Augen weiteten sich. Sie blickte zu Paul und schnappte nach Luft.

»Du hast doch nicht …?« Sie hielt sich eine Hand vor den Mund.

»Was?«, schrie ich. Paul blickte stumm auf den Tisch. In seinem Mundwinkel klebte Tomatensoße.

»Wo ist Lilly?« Ich schluchzte los. Paul zog entschuldigend die Schultern hoch.

»Das war eine Überlebensfrage«, sagte er leise, »sie oder ich.«

»Was?«

»Keine Sorge. Sie ist im Garten. Hab ihr ein Freigehege gebaut. Sie futtert gesundes Gras und freut sich, dass sie mal rauskommt. Ist doch auch besser, als in einem engen Käfig vor sich hin zu vegetieren.« Eine unerträgliche Sekunde lang starrten Mama und ich uns fassungslos an. Dann rannte ich ins Wohnzimmer, riss die Gartentür auf und stürzte auf ein Carré aus Blumenkübeln und umgestürzten Plastikstühlen zu. Das Arrangement war ein Witz für Kaninchen. Mit einem müden Hopser hatte Lilly die Barriere überwinden können. Panisch durchpflügte ich den Garten.

»Lilly?« Nichts. Sie war nicht da. Nirgends. Zu den Nachbargrundstücken gab es keine Zäune, nur Hecken. Ich quetschte mich durch die piksigen Zweige, die mein Gesicht zerkratzten. Ich dachte an Papa. Ich dachte an Auswandern. Auch in den anderen Gärten war Lilly nicht. Irgendwo, drei Grundstücke weiter, ließ ich mich auf ein Mäuerchen sinken und weinte. Diese Mine hatte der Scheißpaul gezündet und in meinem Kopf explodierte sie hundertfach.

»Isabelle? Wo bist du?« Mama. Ich sagte nichts. Ich würde überhaupt nie mehr etwas sagen. Und dann sagte ich doch etwas:

»Paul oder ich!«

Noch am selben Abend musste Paul überstürzt verreisen. Ein klares Statement war das nicht. Aber wenigstens war er weg. Mama half mir Vermisstenanzeigen zu schreiben, die wir in der ganzen Umgebung aushängten. *Weitere Fotos unter @rabbitlove4ever*, stand unter einem Pic von Lilly, auf dem sie einen kleinen Wanderrucksack trug, der früher meiner Puppe gehörte. Zu meinem Outfit sagte Mama nichts mehr. Aber wenn Passanten unseren Weg kreuzten, stellte sie sich immer vor mich und nestelte an ihrer Jacke herum, die sie dabei weit öffnete wie einen Vorhang. Yara half uns. Sie war sofort gekommen, nachdem ich ihr in einer Sprachnachricht erzählt hatte, was passiert war.

»Hast du Matteo schon gefragt?«, sagte sie. »Der wohnt doch ums Eck.«

»Da ist eine Straße dazwischen.«

»Ja und? Können Kaninchen keine Straßen überqueren oder was?« Plötzlich nervten mich ihre Kuppelversuche.

»Yara«, sagte ich gereizt, »der erkennt Lilly doch sowieso.« Sie gab beleidigt auf. Doch als wir um zehn Uhr immer noch erfolglos durch die Nachbarschaft streiften und in jedem Gebüsch nachsahen, verabschiedete sie sich gähnend.

Allein in meinem Zimmer, ohne Lilly, überkam mich das Gefühl einer bodenlosen Einsamkeit. Papa war weg. Lilly war weg. Mama setzten offensichtlich die Wechseljahre zu oder

Paul hatte sie einer Gehirnwäsche unterzogen. Matteo vertraute ich nicht mehr, seit der Wette. Und dann auch noch die Schwindelei, die wie ein kleiner Splitter in der Freundschaft mit Yara steckte. Ich war bei Sturm auf offener See und das Einzige, das mir geblieben war, war mein nacktes Leben in diesem okayen Körper. Ich musste etwas tun, um nicht verrückt zu werden. Alles lief aus dem Ruder. Nichts passte mehr, also musste irgendetwas passend gemacht werden. Mir fiel Kims Nachricht wieder ein und ich las sie noch einmal. *Willst du Tipps?*, hatte sie geschrieben. Das könnte die rettende Insel sein! Ich wählte einen hochgereckten Daumen und schickte ihn ab. Sofort stand *online* in der Statuszeile. Kim schrieb. Sie schrieb lange. Doch es kam keine Antwort. Ich warf das Handy aufs Bett, riss alle Kleider, die noch nicht verstreut in meinem Zimmer lagen, aus dem Schrank und häufte sie auf einen Stapel am Boden. Anschließend stopfte ich sie, bis auf ein paar wenige, alle in Plastiksäcke und brachte sie auf den Speicher. Die Leere tat gut. Jetzt musste ich mich neu erfinden.

Bing, machte mein Handy. Eine Nachricht von Kim. Sie hatte mir einen Link geschickt, kommentarlos. Ich klickte ihn sofort an. Es war ein Tutorial von *@Beauty_is_the_goal*. Von dem Kanal hatte ich noch nie gehört. Ein sehr hübsches Mädchen, das Kim verdammt ähnelte, verwandelte sich darin von einer normalen Schülerin in eine Art Supermodel, das fünf Jahre älter aussah. Jeder Schritt wurde genau erklärt, sogar mit Links zu den Onlineshops. Es gab verblüffend einfache Tricks, dem eigenen Look eine völlig neue Richtung zu geben. Genial! Ich abonnierte den Channel, schob alle Produkte in den Warenkorb, die ich für mein Upgrade brauchte, und wählte Expressversand. 689 Euro. Verdammt. Aber es gab kein Zurück mehr. Ich plünderte mein Konto, auf das meine Omi seit Jahren monatlich zehn Euro einzahlte, für den Führerschein. Aber was sollte ich mit dem Ding, wenn ich längst ertrunken war. Ich brauchte es jetzt, für meine *Operation Rettungsinsel.*

10

Am nächsten Tag schwänzte ich die Schule und blieb im Bett. Ich hatte nichts mehr anzuziehen. Gegen Mittag klingelte es an der Tür. Mama war bei der Arbeit. Ich zog einen Bademantel an und nahm drei gigantische Pakete entgegen. Mein Herz klopfte Gangnam, als ich sie öffnete. Das war wie Weihnachten hoch zehn. So coole Sachen hatte ich noch nie besessen. Ich zog die erste Hose an und blickte in den Spiegel. Verdammt. An dem Mädchen aus dem Tutorial hatte sie wunderschön ausgesehen, aber an mir? Nur mit Mühe bekam ich den Knopf zu, und das bei Größe 36. An den Oberschenkeln quetschte sie mir fast das Blut ab, während sie an den Waden etwas schlabberte. Frustriert warf ich eine Decke über den Spiegel und zog schnell ein langes Shirt an, das am Rücken weit ausgeschnitten war. So konnte ich den Hosenknopf offen stehen lassen. Das Shirt passte, aber der rosa Ausschnitt biss sich mit meinen roten Haaren. Ich steckte sie hoch und probierte die Schuhe an. High Heels traute ich mir noch nicht zu, aber diese halbhohen Stiefeletten dürften kein Problem sein. Sie saßen perfekt. Und Perfektion war mein Ziel. Perfektion würde mir Halt geben. Das Make-up aufzutragen fühlte sich toll an, wie eine Maske, hinter der ich alles verstecken konnte, vielleicht sogar mein altes Leben. Für die Augen brauchte ich fast eine Stunde. Himmel, war das kompliziert. Wie schaffte Kim das alles morgens vor der Schule? Dann der

Lippenstift, ein helles leichtes Rot. Als ich fertig war, stellte ich mich vor den verhüllten Spiegel wie bei *Germanys Next Topmodel*. Der erste Blick nach dem Make-over. Ich zog die Decke weg und erstarrte ... Mein erster Gedanke: Miss Piggy nach einer Nasen-OP. Ich warf mich aufs Bett und heulte zwei Pakete Taschentücher durch, die sich schillernd verfärbten. Anschließend sah mein Gesicht aus wie nach einem Farbbeutelanschlag. Ich eskalierte komplett, schleuderte die Stiefeletten durch das Zimmer, pellte mich aus der viel zu engen Hose, riss an dem Shirt, dass die Nähte kreischten, und verschwand in der Dusche, wo ich eine halbe Stunde lang an meinem Gesicht herumrubbelte, bis es aussah wie eine rote Warnlampe. *Bing, bing, bing*, machte das Handy in einem fort. Flüchtig blickte ich auf die Chatliste. Yara, Matteo, Josh, Suri, Anouk ... die halbe Klasse hatte mir Nachrichten geschickt. Bloß nicht öffnen, sonst kam ich um Antworten nicht herum. Ich schmiss das Handy in eine Zimmerecke. Gleich darauf suchte ich es jedoch verzweifelt in einem Kleiderhaufen, und als ich es fand, drückte ich auf *Kim* und tippte: *Das Tutorial ist cool, aber ...* Ich fügte einen verzweifelten Smiley hinzu und wählte *senden*. Wieder war sie sofort *online*, aber nur für ein paar Sekunden. Keine Antwort. Die Welt war ein unendlicher, trostloser Ozean und ich eine einsame fette Seekuh. Plötzlich klingelte es an der Tür. Ich ließ es klingeln. Aber beim dritten Mal schrillte es minutenlang. Also zog ich schnell einen Bademantel an und schlurfte zur Tür. Und da stand Kim, wie aus dem Ei gepellt.

»Lass mal sehen«, sagte sie und ging einfach an mir vorbei ins Haus. Himmel, Kim. Ich zog mir noch die Kapuze über den Kopf. Aber es war lächerlich. Sie hatte die Situation sofort durchschaut. Dann schien sie in Sekundenschnelle unsere Wohnung zu scannen und steuerte zielstrebig die Treppe zur oberen Etage an. »Die Sachen hast du noch?« Ich wackelte hinter ihr her wie ein Pinguin. Seekuh, Pinguin. Ich mutierte in Lichtgeschwindigkeit durch die Fauna.

»Welche Sachen?« Kim balancierte die Treppe hoch wie über den Laufsteg einer Modenschau und schien mich gar nicht zu hören. Es gab drei Türen, aber sie öffnete zielsicher die meine und blieb im Eingang stehen. Ich schob mich an ihr vorbei. Wieder dieser abartige Blick. Ich konnte spüren, wie sie blitzschnell Schlüsse zog. Die Wolldecke, halb über dem Spiegel hängend; die umgestülpte Jeans, achtlos weggeworfen; die fleckigen Taschentücher im Mülleimer; die über das ganze Zimmer verstreuten Kosmetika.

»Aha«, sagte sie bloß, schritt auf das traurige Häufchen Klamotten zu und zog ein schwarzes Top heraus, das ich seit Monaten nicht mehr getragen hatte. Dann sah sie sich das neue Shirt an und drückte mir beides in die Hand. »Drunter das Top, drüber das Shirt, aber mit der Rückseite nach vorne.« Sie stocherte mit einem Zeigefinger in den restlichen Sachen herum wie in einer Kloake, zog eine Hose heraus, warf sie mir zu und desinfizierte sich anschließend die Hände. »Schneid sie an den Knien auf und näh das Label von der neuen Hose über das H&M-Schild. So muss es fürs Erste gehen.« Sie zeigte auf eine der Stiefeletten, die unter dem Schreibtisch lag. »Passen die?« Ich nickte. »Na also.« Zufrieden ließ sie sich auf mein Sofa herabgleiten und verschränkte die Arme. Ich musste schrecklich ausgesehen haben, wie ich da vor ihr stand, im schlumpfblauen Bademantel mit verheulten roten Augen. »Was ist?«, sagte sie. »Ich muss noch Hausaufgaben machen.

Also los!« Kim und Hausaufgaben? Das war wie Papa und Paul. Aber ich sagte nichts, bekam ja schließlich von Kim, der *Erscheinung* Kim, ein kostenloses Coaching. Also ließ ich mir von ihr die erste Lektion in Sachen Styling erteilen. Die neue Klamottenkombination stand mir tatsächlich gut, und während wir vor dem Spiegel saßen und sie mir Schminktipps gab, wurde ich immer lockerer, denn es schien ihr wirklich Spaß zu machen, ihr umfangreiches Wissen weiterzugeben. Sie kam richtig in Fahrt. Es war das erste Mal, dass ich sie mehr als einen Satz am Stück reden hörte. Und es war auch das erste Mal, dass sie lachte. Lenny wäre dahingeschmolzen. Wahrscheinlich hätte er sie jetzt *bezaubernd* genannt anstatt *affengeil* oder *hammermäßig*.

»Bist du eigentlich auf Instagram?«, fragte ich, während sie meine Haare glättete.

»Klar, mein Account heißt *KimGalaxy*.« Sie entblößte ihr Handgelenk und hielt mir ihr Tattoo vor die Nase.

»Cool.« Ich überlegte kurz, wie wohl ein Kaninchentattoo bei mir aussehen würde, verwarf die Idee aber sofort wieder. Schließlich vergingen drei Stunden, bis ich die neuen Klamotten halbwegs selbstständig kombinieren und mich schminken konnte. Dann hielt Kim ihre Schlussrede, die wie eine Art Mantra für meinen Überlebenskampf werden sollte.

»Die Optimierung deines Körpers wirkt wie ein Resonanzverstärker«, hob sie an, »er ist ein Rohstoff, den du verändern und damit verbessern kannst. Alles um dich herum kann sich jederzeit auflösen – zum Beispiel deine Familie. Aber dein Körper bleibt. Er ist deine einzige Sicherheit. Und um von der Welt gesehen zu werden, musst du Aufmerksamkeit bekommen, Likes. Sonst existierst du praktisch nicht und niemand wird sich je an dich erinnern. Die Welt ist dein Warenhaus. Du musst dich nur bedienen und gut in Szene setzen. Und ich bin deine Regieassistentin, die dir bei der Inszenierung hilft.« Es klang wie auswendig gelernt, aber ich wollte ihr jedes Wort glauben. Ich hing an ihren Lippen, denn sie sagte genau das, was ich brauchte, was mich wiederaufrichten würde. Ja, mein Körper war meine Sicherheit. Der konnte mich nicht verlassen, und wenn ich ihn gut formte und verpackte, würde er mich auch nicht enttäuschen. So einfach war das. Ich klammerte mich also an Kims »Mantra« und baumelte willig in ihrem Netz, während mich die bezaubernde Spinne langsam einwickelte. Wir waren gerade dabei, meine endlich mal glatten Haare zu kämmen, als Mama hereinkam.

»Oh, Besuch«, sagte sie. »Ist Isabelle im Bad?« Kim und ich sahen uns an, prusteten laut los und schlugen die Hände ein. Mama blickte verwirrt, bis sie mich erkannte und sowohl Augen als auch Mund aufriss. »Isabelle?!«, sagte sie.

»Bingo.« Ich warf die Haare über die Schulter, wie Kim es immer tat, und strahlte überglücklich.

»*Easy* passt jetzt besser«, sagte Kim, während sie sich die Hände desinfizierte. »*Easy* wie *voll easy.*«

»Und wer bist du?«, fragte Mama.

»Ich bin Kim, Easys persönliche Beraterin.« Das klang so genial. Meine *persönliche Beraterin.* Wahnsinn.

11

Mama redete den ganzen Abend auf mich ein. Es war die Hölle.

Sie dreht komplett durch, schrieb ich Kim.

Das zählt schon fast als Like, schrieb sie zurück und postete einen Zwinkersmiley. *Jetzt ändern sich die Dinge endlich*, dachte ich und fühlte mich großartig. Wenn ich in den Spiegel blickte, sah mich eine neue Isi an, noch nicht ganz perfekt, aber immerhin getuned und fast nicht wiederzuerkennen. Eine Isi, die so schnell nichts umhauen würde. Ich machte ein Selfie und schickte es Papa. *Hey, hast du eine große Halbschwester, von der ich nichts weiß und die für eine Modelagentur arbeitet?*, schrieb er. Bingo! Papa hatte es einfach drauf. Mama dagegen war ein Nervenbündel. Sie zeterte herum und versuchte ständig, mir die Haare zu verwuscheln. Ich floh in mein Zimmer und schloss die Tür ab. Und da saß Yara, mitten auf dem Teppich. Ich erschrak fürchterlich.

»Darum antwortest du also nicht«, sagte sie vorwurfsvoll und schwenkte ein Fläschchen Desinfektionsmittel in der Luft, das Kim wohl vergessen hatte.

»Hat sich aber gelohnt, oder?« Ich strahlte und drehte mich vor ihr, um meinen neuen Look zu präsentieren.

»Na, ich weiß nicht, vorher hast du mir besser gefallen.« Das war nun gar nicht, was ich hören wollte. »Aber Hauptsache, du wirst nicht auch noch so arrogant wie Kim.«

»Yara, du täuschst dich. Kim ist gar nicht so. Die war total nett und hat mir stundenlang alles gezeigt, einfach so.« Ich ließ mich neben Yara gleiten und versuchte, dabei so elegant wie Kim auszusehen. »Die würde dir bestimmt auch helfen.«

»Mir helfen?« Yara quiekte. »Warum denn helfen? Sie ist doch diejenige, die Hilfe braucht, nicht ich.«

»Da täuschst du dich schon wieder. Sie hat alles im Griff.«

»Ach so. Und ich nicht oder was?« Yara war richtig in Rage.

»Mensch, du weißt doch, wie ich das meine.«

»Nein, das weiß ich nicht. Kim hat nicht mal Freunde.«

»Woher willst du das wissen? Vielleicht hat sie ja ganz besonders tolle Freunde, nur eben nicht in der Schule. Und sie hat einen eigenen Kanal und mehr Follower als wir alle zusammen.« Ich öffnete *@KimGalaxy* auf meinem Handy und zeigte Yara den jüngsten Beitrag: Kim in einem Leopardenmantel, mit leicht geöffnetem Mund, der den Blick auf ein paar spitze, funkelnde Reißzähne preisgab. »Sie weiß auch, wie man die Pics bearbeitet. Das zeigt sie uns bestimmt.«

»Und dann finden wir ’nen Haufen toller neuer Freunde oder was?« Yara stand auf und baute sich vor mir auf. »Isi, was ist nur mit dir los? Hallo! Wir brauchen keine *Follower*. Wir sind die einzige Klasse in der Schule, vielleicht sogar die einzige ever, die so eine tolle Gemeinschaft hat. *Wir* sind unsere Follower.«

»Außer Kim«, sagte ich.

»Jahaaa, außer Kim. Aber auf ihr rumhacken tut trotzdem keiner, obwohl sie viel Angriffsfläche dafür bietet.« Yara setzte sich wieder neben mich, ganz nah, und drückte auf ihrem Handy herum. »Sieh mal, was Matteo mir geschrieben hat.« Sie hielt mir das Handy vors Gesicht und als ich nicht reagierte, las sie laut: »*Yara, ich mach mir Sorgen um Isi. Sie liest meine Nachrichten nicht. Ist sie zu ihrem Vater? Bitte sag Bescheid, wenn du was weißt.*« Yara steckte das Handy weg. »Es macht mich fertig, dass du dabei bist, alles kaputt zu machen. Und das mit der Wette ist auch so ein Hirnfurz von dir.« Sie nahm meine Hände und sah mich flehentlich an. »Ich weiß, hier bei dir zu Hause dampft gerade die Scheiße, aber wir sind doch noch da, deine Freunde.« Sie rüttelte an meinen Händen. Ich hörte alles und spürte, wie sie an mir zog, mit all ihrer liebevollen Verzweiflung, aber ich hing schon zu sehr in Kims Netz, das eine neue Sicherheit versprach, und wollte mich nicht daraus befreien lassen, obwohl es wehtat. *Ein notwendiges Übel*, dachte ich mir. Es gehörte nun mal zu meinem Veränderungsprozess, wie Schmerzen zum Stechen eines Tattoos gehörten. Und dann tat ich etwas völlig Bescheuertes. Ich nahm das Gel von Kim und desinfizierte mir die Hände. Yara sprang auf. Tränen liefen ihr über die Wangen. Es tat mir sofort leid, aber ich sagte nichts, war ja eine andere jetzt. Ich sah sie wie aus weiter Entfernung aufspringen und wortlos das Zimmer verlassen. Weinen durfte ich nicht, Kim hatte sich so viel Mühe mit meinem Make-up gegeben.

12

Am nächsten Morgen stand ich sehr früh auf und machte alles genau so, wie Kim es mir gezeigt hatte. Ich brauchte mehr als eine Stunde, bis ich zufrieden war. Mama war zum Glück schon bei der Arbeit und konnte mir keine Szene machen. Mit fünf Minuten Verspätung betrat ich den Klassenraum, ausgerechnet bei Krätzer, dem schärfsten Hund der Schule. Wir hatten ihn in Deutsch, was seitdem nicht mehr mein Lieblingsfach war. Wenn man bei Krätzer zu spät kam, wurde man für eine halbe Stunde vor die Tür geschickt und sollte in der Zeit über sein Leben nachdenken. Die Ergebnisse musste man dann schriftlich zusammengefasst in sein Fach legen lassen. Ich hatte mir deshalb schon einige Gedanken über Lilly, ihren Verlust und die Auswirkungen auf mein vegetatives Nervensystem zurechtgelegt, als ich den Raum betrat.

»Guten Morgen.«

»Ja, bitte?« Krätzer lächelte. Warum lächelte der?

»Sorry, bin mit dem Absatz im Gitter hängen geblieben«, log ich.

In Krätzers Oberstübchen war die Hölle los. Die Stirn zuckte hin und her. Das Lächeln erstarrte für einen Moment, bis es absackte wie ein Reifen, aus dem man die Luft abließ.

»Isabelle?« Er hatte mich tatsächlich erst jetzt erkannt. Wie cool war das denn? Ich nutzte die Gunst des Moments und wackelte so elegant wie möglich durch den Mittelgang zu meinem Platz. Tuscheln ging gar nicht bei Krätzer, aber es *wurde* getuschelt. Und wie. Ich zwinkerte Kim zu, die auf ihre unnachahmliche Art und Weise reagierte. Sie blickte auf ihr Handy und machte ein Foto von mir. Ich wertete das als Zustimmung. Krätzer schien kein passender Kommentar einzufallen und er stotterte ein wenig herum, bis er den Unterricht einfach fortsetzte. Echt irre. Um Krätzer zu verunsichern, musste man schon ganz großes Kino abliefern. Ich war zufrieden. Yara schob mir einen Zettel rüber. Ich faltete ihn auf.

Da du nicht mehr in den Chat guckst: Bei Latifa steigt Freitag eine Party. Kommst du?

Klar, schrieb ich und: *sorry wegen gestern.* Dann schob ich den Zettel zurück.

Was ist mit Lilly?, schrieb Yara darunter. Ich zeichnete einen traurigen Smiley und schob das Blatt zurück. Dann wagte ich einen Blick zu Matteo. Es schmerzte schon ein bisschen weniger, ihn anzusehen, wie ein verblassender Traum. Er tat so, als hätte mein Blick ihn wie ein Pfeil getroffen, und hielt sich beide Hände theatralisch über die Brust. Dann grinste er. In meinem Herzen zuckelte es und ich wandte mich schnell Krätzer zu, der gerade Wilhelm Tell zerlegte. Das Handy in meiner Hosentasche vibrierte Sturm. Die Klasse war in Aufruhr. Ein Schäfchen drohte aus der Herde auszubrechen. Ich versuchte, mich weiter auf die Symbolik von Äpfeln zu konzentrieren. Am Ende der Stunde winkte Krätzer mich mit einer Handbewegung zu sich.

»Isabelle, was auch immer dich gerade reitet, vergaloppier dich nicht.«

Er hob seine buschigen Brauen in die Höhe und sah mir so

tief in die Augen, dass mir mulmig wurde. Er rührte in meinem Innersten herum, bis mir fast die Tränen kamen.

»Tell ist ja echt angepisst.« Kim stand plötzlich neben mir und sprach, was ja wie gesagt selten vorkam. Krätzer ließ endlich von mir ab und sah Kim an.

»Wie meinst du das?« Während er auf eine Antwort wartete, konnte man deutlich sehen, wie seine Nasenflügel zitterten. Er war kurz vorm Ausrasten.

»Na wie ich's gesagt habe, angepisst. Etymologisch von pissen, urinieren. Hier im Sinne von richtig scheiße dran sein.« Krätzer starrte sie an. Wahnsinn.

»Hört mal, ihr beiden«, sagte er sehr langsam und drohend, »wenn ihr mich verkackeiern wollt, dann müsst ihr euch aber warm anziehen.«

»Verkackeiern?« Kim machte auf Unschuldslamm und schob die Schmolllippen nach vorne. »Wie meinen Sie das?« Krätzer schnappte seine Tasche.

»Das gebe ich dir heute als Hausaufgabe auf: Etymologische Herleitung von *Verkackeiern*. Und Kim«, er senkte Kopf und Stimme. »Du hast eine Vereinbarung mit der Schule, vergiss das nicht.« Er zog mich ein wenig zur Seite. »Isabelle, setz nicht aufs falsche Pferd. Der schillerndste Schimmel im Stall ist nicht immer die beste Wahl.« Und weg war er. Kim lächelte zufrieden und stolzierte auf ihren Platz zurück. Hatte sie das jetzt für mich getan? Und dann ging's los. Latifa war die Erste, die mich löcherte.

»Isi, was ist denn los? Ich hab dir 'ne Einladung geschickt.«

»Sie hat sich doch auch schon in Schale geworfen«, sagte Lenny. »Hält das bis Freitag?« Er wollte mir mit einem Finger über das Gesicht streichen, aber ich wich schnell zurück.

»Hey, du Spacko, geht's noch?«

»Mit so viel Paste in der Fresse würde ich ja vornüberkippen«, legte er nach und lachte über seinen eigenen Witz.

»Ach ja, aber bei Kim gefällt's dir oder was?«

»Hey hey, nicht beißen. Kim is 'ne Professionelle. Die hat 'nen heißen Fashionchannel.«

»Verstehe. Und warum sprichst du nie mit ihr? Wer hat schon 'ne *Professionelle* in der Klasse?«

»Hab's versucht«, grinste Lenny, »aber es kamen gleich ihre Bodyguards aus der Oberstufe.«

»Und hier, jetzt? Die Bahn ist frei.« Ich zeigte zu Kim, die mal wieder mit ihrem Handy beschäftigt war und Kussmünder ausprobierte.

»Hey, sie braucht ja auch ein bisschen Privatsphäre, oder?«

»Ach so, verstehe. Die könnte ich jetzt auch gebrauchen.«

»Isi, Isi, die ist 'ne Nummer zu abgehoben für dich. Komm wieder runter zu uns auf die Erde.«

»Hey, Abheben klingt gut«, sagte ich, »nach Freiheit.«

»Lenny, übertreib's nicht«, mischte sich Anouk ein, »man kann doch mal was ausprobieren.«

»Ah, stimmt, der Zwillings-Look ist ja gerade trendy«, sagte Lenny unbeirrt und zeigte auf Kim, die sich für das nächste Selfie präparierte und nichts mitzubekommen schien. »Dann musst du aber noch an deinen Röllchen arbeiten.« Lenny kniff mir in die Seite und grinste. Matteo zog ihn von mir weg.

»Lenny, lass gut sein. Das ist *unsere* Isi. Die Isi, die dich nach Hause geschleift hat, als du hacke warst. Die Isi, die deine Eltern abgelenkt hat, um dir den Arsch zu retten. Die Isi mit den coolsten Partys der westlichen Hemisphäre.« Er schüttelte Lenny. »Angekommen?« Lenny nickte und verzog sich. Aber ich war längst auf meiner Insel, weit, weit weg, und konnte nur an einen einzigen Satz denken, der in mir rumorte wie ein hungriges Ungeheuer. *Dann musst du aber noch an deinen Röllchen arbeiten*, hatte Lenny gesagt. Und sofort fühlte ich mich wieder fett wie eine schwangere Seekuh und verlor all meinen neu gewonnenen Glanz.

»Sehen wir uns später?«, fragte Yara. Ihr Blick verriet, dass ein Nein nicht infrage kam.

»Okay«, sagte ich, »gehen wir joggen.«

13

Wir liefen um die Alster. Es machte mich fertig, dass Yara ihr Tempo für mich drosseln musste. Was war ich nur für eine lahme fette Ente. Wir konnten uns kaum unterhalten, weil ich sofort außer Atem kam und nach Luft japste. Und dabei war Yara nicht einmal besonders schlank. Es war deprimierend. Ich musste unbedingt Kim fragen, wie sie es schaffte, so dünn zu sein. Als ich abends auf mein Handy sah, hatte ich 103 Nachrichten, die meisten im Klassenchat. Ich wollte sie lieber nicht öffnen. Aber da war auch eine neue von Kim. Die klickte ich sofort an. Sie hatte mir ein Foto aus der Schule geschickt: ich durch den Mittelgang balancierend. Aber ich sah völlig anders darauf aus, viel dünner und mit volleren Lippen und einer Wahnsinnstaille.

Wie hast du das gemacht?, schrieb ich zurück.

Kann ich dir zeigen, antwortete Kim prompt.

Und keine halbe Stunde später stand sie vor der Tür. Meine Mutter öffnete.

»Kim, richtig?« Sie hielt ihr eine Hand hin. Kim zögerte, streifte sie kurz und desinfizierte sich gleich danach ihre Hände. Mama sah fassungslos zu. Aber Kim beachtete sie nicht weiter, ging an ihr vorbei die Treppe hoch, wo ich schon stand und sie begrüßte.

»Isabelle, isst deine Freundin mit?«, rief Mama von unten. Kim schüttelte den Kopf.

»Nein«, sagte ich und schloss die Tür.

Und dann zeigte mir Kim, wie man Fotos bearbeitete. Dafür hatte sie gleich mehrere Apps auf dem Handy, mit denen sie tatsächlich zaubern konnte. Man machte ein passables Miss-Piggy-Foto und konnte es mit ein wenig Aufwand in ein sexy Miss-Arizona-Pic verwandeln. Anschließend lud Kim es auf *KimGalaxy* hoch. Sie fügte noch einige Hashtags hinzu, wie #like4like und #followme, von denen ich wusste, dass man damit ziemlich schnell viele Likes bekam, und schnalzte dann zufrieden mit der Zunge. Gäbe es ein Schulfach für so was, hätte Kim auf jeden Fall eine Eins. Sie könnte es sogar unterrichten. Dem Krätzer wären bestimmt die Augen rausgefallen. Ich zeigte auf ihr Tattoo mit dem Kussmundplaneten und dem Brillant-Saturnring.

»Wie hast du deine Eltern rumgekriegt? Die mussten doch was unterschreiben, oder?«

»Mein Ex macht so was. Hab ihn erpresst. Erst Tattoo, dann Sex.« Kim lachte. »Jetzt hat er 'ne Strafanzeige am Hals.« Das haute mich um. »Was glotzt du so? Er hat's verdient. War 'n lausiger Lover.«

»Aber …« Ich überlegte, ob ich den Kerl wirklich verteidigen wollte, und ließ es bleiben. Er hätte ja nicht darauf eingehen müssen. »Kommst du am Freitag mit auf Latifas Party?«, fragte ich stattdessen. Ich war mir nicht sicher, aber ich glaubte ein kleines Lächeln über Kims Gesicht huschen zu sehen.

»Mal sehen«, sagte sie gelangweilt. »Is nicht so meine Peergroup.«

»Deine was?«

»Na, die Leute, mit denen ich sonst so abhänge.«

»Ach so.« Ich war ein bisschen enttäuscht. Immerhin sprachen wir über meine besten Freunde. »Mit wem hängst du denn ab?«

»Ich kann dich mal mitnehmen«, sagte sie wie nebenbei. Wenn ich in diesem Moment geahnt hätte, was für eine Lawine sie damit lostrat, dann hätte ich die Reißleine gezogen. Ich wäre aufgesprungen, hätte sie zur Tür hinausgeschoben, dreimal hinter ihr abgeschlossen und den Schlüssel im Klo versenkt. Stattdessen dackelte ich blind hinter ihr her wie ein Lemming und geradewegs auf den Abgrund zu …

»Hey, schon fünfzehn Likes! Die Welt da draußen mag dich.« Kim zeigte auf ihr Handy und die Zahl 15, die unter dem Herzchen stand. Jetzt war es eine 16.

»Aber so seh ich ja nicht wirklich aus.« Ich musterte Kim von der Seite. Sie lag in den Sessel hingegossen da, wie eine Hollywood-Diva. »Wie schaffst du es eigentlich, so dünn zu sein?«, fragte ich, »du musst deine Fotos ja nicht mal bearbeiten.« Kim warf ihre schönen langen Haare über die Schultern und zupfte an ihrem Ausschnitt herum.

»Ganz einfach«, sagte sie, »Essen reduzieren und Workouts.« Sie lächelte. »Und das Beste daran: Wenn du über den Hunger hinaus bist, dann wird es ganz leicht und du fühlst dich total high.«

»Das ist alles?«

»Jep.«

»Du meinst, ich kann auch so dünn werden?«

»Jep.« Ihre Augen funkelten. »Und dann kannst du endlich die coolsten Typen abschleppen.« Unwillkürlich wich ich einen Schritt zurück. War das mein Ziel? Coole Typen abschleppen? Kim spürte sofort, was in mir vorging. »Was willst du eigentlich mit Matteo?«, legte sie nach. »Der ist doch noch so ein Milchbubi.« Und das sah ich natürlich ganz anders. Beinahe wäre ich wütend aufgesprungen, um ihn zu verteidigen und von Kim eine Entschuldigung einzufordern. Aber ich traute mich nicht. Schließlich half Kim mir gerade, mein verkorkstes Leben neu zu sortieren. Außerdem hatte ich noch nie über den Tellerrand hinausgeschaut und nachgesehen, was oder wen es da draußen noch so gab. Ich verbrachte meine gesamte Freizeit mit meiner Klasse, die auch meine Clique war. Vielleicht gab es da draußen ja tatsächlich etwas Größeres, etwas, oder jemanden, der mich viel glücklicher machen würde. Es war einen Versuch wert, beschloss ich und nahm damit in Kauf, dass die Verleumdung meines kleeäugigen Traumprinzen ungesühnt im Raum verhallte.

14

Kim fand meinen Kaninchen-Account peinlich und je länger ich darüber nachdachte, desto alberner kam er auch mir vor. Also startete ich mit einem neuen Profil: @Easy4ever. Kim meinte, ich solle mir erst mal ein paar Follower kaufen, um meinen Kanal anzukurbeln.

»Kaufen? Hast du deshalb so viele?«

Kim fixierte mich wie einen Nagel, den es einzuschlagen galt, und mir wurde sofort klar, dass ich eine Grenze überschritten hatte. Man fragte einen Zuckerberg ja auch nicht, ob er sein Unternehmen ethisch korrekt aufgebaut hatte. Aber Kim warf bloß eines ihrer ultradünnen Beine schwungvoll über das andere und lachte.

»Eine Instaqueen genießt und schweigt.« Sie drückte eine Abführtablette aus der Verpackung, an der sie schon die ganze Zeit herumgespielt hatte, und spülte sie mit einem Schluck Wasser herunter. »Zu einem gut laufenden Feed gehört jedenfalls noch mehr, beziehungsweise weniger.« Sie kniff in ihren nicht vorhandenen Speck. »Also los, lass uns an deiner Zukunft arbeiten.«

Und keine Stunde später waren die ersten drei Fotos hochgeladen und ich starrte gebannt auf das Herzchen in der Ecke. Vier Likes in fünf Minuten waren zwar noch nicht erwähnenswert, aber ich freute mich über jedes von ihnen unbändig, denn sie galten der neuen Easy und waren nicht gekauft.

Als Kim sich schließlich verabschiedete, war das Essen kalt, meine Mutter auf 180 und ich überglücklich, weil ich nun Selfies in sexy Pics verwandeln konnte und meine Zukunft wieder aufregend schien.

Nach einer exakt gescheitelten halben Portion Risotto legte ich meinen Löffel neben den Teller und verkündete, dass ich abnehmen wolle. Auf meine Mutter wirkte das wie eine Kriegserklärung.

»An dir ist doch kein Gramm zu viel«, zeterte sie, »wo soll denn da noch was weg?«

»Na überall.«

»Das hat dir bestimmt diese Kim eingetrichtert, oder? Die ist ja nur ein Strich in der Landschaft. Würde mich interessieren, was ihre Eltern dazu sagen. Das sieht doch schon krank aus.« Mama lief rot an, während sie mit dem Löffel um sich fuchtelte und zwischendurch auf die Tischplatte haute.

»Lebst du hinterm Mond, Mama? Schlag doch mal eine x-beliebige Frauenzeitschrift auf. Da ist kein Model auch nur annähernd so fett wie ich.«

»Isabelle, die hungern doch, diese Gruselbarbies. Du siehst wunderschön aus, wenn du dich nicht so zukleisterst.«

»So schön wie du?« Ich kochte. »Damit ich dann so einen kaninchenmordenden Asi-Ken für Arme ergattere, ja?« Ich sprang vom Stuhl auf und wischte ihr mit einem Finger über die Wange. »Und was ist das?« Ich zeigte ihr den leicht verfärbten Finger. »Das ist natürlich kein Kleister, stimmt's? Das sind wohl Altersablagerungen.« Und damit rannte ich die Treppe hinauf in mein Zimmer. Ich schloss ab, öffnete die Dachluke, kletterte hinaus und legte mich auf die warmen Ziegel. Unten hörte ich etwas zerbrechen. Dann knallte die

Haustür und ein Auto fuhr an. Neben mir ertönte plötzlich eine Melodie, der *Dachziegelblues.*

»Yara! Mann, hast du mich erschreckt. Wie lang sitzt du denn schon hier oben?« Sie hörte auf zu summen.

»Eine Weile.« Sie sah mich an. »Lang genug.«

»Wofür?« Sie antwortete nicht. »Yara, mach doch nicht so ein Ding aus der Sache. Kim gibt mir ein paar coole Tipps. Das war's. Und wenn du willst, dann zeig ich sie dir auch.«

»Worum geht es wirklich, Isi?«

»Spaß am Leben.«

Yara lachte bitter. »Wenn irgendwer Spaß am Leben hat, dann ja wohl wir, oder?« Sie sah mich todtraurig an und ich konnte nicht anders, ich musste grinsen. Es war einfach zu absurd.

»Aber es gibt noch so viel mehr im Leben zu entdecken, Yara. Die Dinge verändern sich, erinnerst du dich?«

»So hat deine Mutter das sicher nicht gemeint«, warf Yara ein.

»Oh doch, genau *so.*«

»Und wir? Was wird aus uns?«

»Wir verändern uns auch.«

»Nein, Isi, ich bin immer noch die Alte, deine beste Freundin, die alles mit dir teilt, aber den Scheiß, den Kim dir eintrichtert, den mach ich nicht mit. Das bin ich nicht. Und *du* bist das auch nicht.« Mir wurde flau. Yara wartete auf eine Entscheidung. Ich hatte keine andere Wahl. Das Neue war aufregend und vielversprechend. Das Alte gehörte zu einem Leben, das nicht mehr existierte. Es gab also nur eine Richtung.

»Die alte Isi gibt es nicht mehr, Yara.«

Es tat weh, das zu sagen, denn … es war doch eine gute Zeit gewesen. Und es gab da auch diese teuflische Stimme in mir, die mir Zweifel einflüsterte. Wollte ich die alte Isi wirklich für immer aufgeben? Oder opferte ich sie einem zuckersüßen Hirngespinst? Ich stemmte mich mit aller Macht gegen diesen Gedanken. Dabei wäre es ja wirklich kein Riesending gewesen zu sagen: *Du hast recht, Yara.* Wahrscheinlich hätte der Himmel applaudiert. Stattdessen zog er sich weiter zu. Und ich versteckte mich hinter meiner neuen Maske, durch die keine Träne durchkam. Mann, Mann, Mann.

Später schickte Yara mir noch einmal das Foto von Matteo und mir auf Joshs Party. Darunter eine ganze Reihe Fragezeichen und einen weinenden Smiley. Diesmal löschte ich es nicht. Das war meine letzte Bastion des Widerstands, die ich mich traute aufrechtzuerhalten. Ich entfernte es aber aus dem Verlauf, damit Kim es nicht zufällig sehen würde, und speicherte es in einem extra Ordner ab, den ich *Kleeblatt* nannte. Ich betrachtete es lange, während ich noch immer auf dem Dach saß. Dazu hörte ich *Grenade* in Dauerschleife und bohrte Löcher in den Himmel. Es haute mich fast weg und ich kam mir vor wie ein gottverdammter Emo. Bevor ich auch noch auf die Idee kam, mich zu ritzen, zog ich die Notbremse. Ich öffnete mein Profilbild, das rosenumrankte Kinderfahrrad, und ersetzte es durch eines der neuen Fotos, die Kim zuvor bearbeitet hatte. Dabei heulte ich einen mittleren Tsunami, der sich durch das Make-up kämpfte und in Rinnen über meine Wangen mäanderte. Bestimmt sah ich nun aus wie ein Horrorclown. *Bing. Bing. Bing.* Die Reaktionen ließen nicht lange auf sich warten. Ich sah sie nicht an. Bis eine Nachricht von Papa kam.

Isabelle? Ist das noch dein Account? Wenn ja, was ist passiert? Wo sind deine Locken und Teile deines Körpers geblieben? Melde dich! Papa

Nur ein bisschen Veränderung – wie bei dir. Ich fügte ein Foto von ihm hinzu und legte einen Filter mit Hundeohren und einer Hundeschnauze darüber. Es dauerte eine ganze Weile, bis er antwortete.

Ich bin ganz der Alte. Er postete ebenfalls ein Foto. Darauf hockte er vor einer seiner Papierwände, mit einer eingerollten Zeitung im Mund, einer Boxershorts auf dem Kopf, aus deren Beinöffnungen Haarbüschel wie Ohren herausstanden, und hielt die Hände wie Pfoten vor die Brust. Ich konnte mich kaum auf dem Dach halten vor Lachen. Papa war einfach der Beste.

Aber als ich das Foto vergrößerte und es mir genau ansah, wurde Folgendes klar. Erstens: Das war kein Selfie. Jemand anders musste das Bild gemacht haben. Zweitens: Am äußersten Rand des Fotos, in der rechten unteren Ecke, war ein Schuh zu erkennen, ein sehr spitzer Stiletto mit einem sehr hohen Absatz. Und dieser Absatz stach mitten in mein wundes Herz. Ich kopierte den Ausschnitt mit dem Schuh und schickte ihn wortlos zurück. Es dauerte lange, bis die Antwort kam, viel zu lange.

Hat Mama dir nichts erzählt?

Was erzählt?

Wo bist du gerade? Ist Mama da?

Was erzählt?

Ist deine Mama da?

Ich warf das Handy durch die Dachluke auf meine Matratze wie eine giftige Spinne. Aber gleich darauf ließ ich mich selbst hinunter und suchte es zwischen den Laken. *Die Dinge ändern sich, die Dinge ändern sich, die Dinge ändern sich,* betete ich vor mich hin. Dann ging ich die anderen Nachrichten durch. Bingo. Da war eine von Matteo. Ich öffnete sie.

Pass auf dich auf, Dornröschen.

Dann eine von Latifa.

Ich mochte alles an dir.

Lenny.

Ahhh, da hat wer von dir abgebissen.

Kofi.

Hey, sieht cool aus.

Na bitte. Ging doch.

15

Auf Latifas Party erschien ich im Grunde schon lustlos. Ich mochte meinen neuen Look, doch so ziemlich die gesamte Clique stemmte sich dagegen, als hätte ich die Beulenpest eingeschleppt. Das war nicht fair. Ich gab ihnen noch diese eine Chance. Aber es ging in die Hose, im wahrsten Sinne des Wortes. Wir spielten Strip-Flaschendrehen, unsere spezielle Variante. Jedes dritte Opfer musste ein Kleidungsstück ausziehen. Das machten wir häufig auf Partys. Natürlich nur bis zur Unterwäsche, beziehungsweise bis zum Bikini, den die meisten Mädchen schon vorsorglich drunter anzogen. Ich hatte diesmal nicht daran gedacht, sondern nur darauf geachtet, dass die Unterwäsche so flach war, dass sie nicht durch das enge T-Shirt drückte. Und als ich an der Reihe war und die Hose ausziehen musste, da war Schicht. Mein Slip an dem Tag war granny-style und außerdem hätte man dann gesehen, dass ich den Knopf der offenen Hose mit einem Haargummi verbunden hatte, denn sie war mir immer noch zu eng. Also weigerte ich mich. Das war bei uns noch nie vorgekommen. Wir hatten uns schon hundertmal in Unterwäsche gesehen und früher hatte ich sogar extra einen gerippten Herrenslip von Papa angezogen, weil's eben witzig war. Aber heute war mir das zu blöd. Ich sprang auf und verkündete, dass ich keine Lust mehr hätte. Ein Buh-Konzert setzte ein und die Jungs riefen im Chor: »Hose runter, Hose runter.« Doch ich schnappte einfach wortlos meine Tasche und ging, ich dumme Pute. Yara folgte mir nicht, was sie sonst immer getan hatte. Ich setzte mich vor der Haustür auf den Bürgersteig und schrieb Kim eine Nachricht. *Gehe doch mit.* Plötzlich saß Matteo neben mir.

»Komm wieder rein.« Ich schüttelte den Kopf. »Du fehlst uns.« *Bing*, machte mein Handy. Kim. *Um zehn an der Sternschanze. Wir fahren zum Lido.*

»Bin noch verabredet«, sagte ich zu Matteo.

»Ach so.« Er stand auf. »Na dann …« Er ging wieder hinein und schloss die Tür hinter sich. Drinnen kreischten alle laut auf und ich wusste, dass gerade jemand sein letztes Kleidungsstück ausziehen musste und nun eine Pirouette im Höschen drehte. Warum ließ mich das so kalt? Es war doch sogar mal meine Idee gewesen.

Um zehn stand ich an der S-Bahn-Station. Kim hatte eine Lederjacke an und eine Flasche Hochprozentigen in der Hand.

»Gute Entscheidung«, sagte sie. »Also los!«

Wir stiegen in die nächste S-Bahn. Alle Männer sahen uns an. Ich schwör's, alle. Unglaublich! Bis wir in Flottbek ankamen, hatten uns drei Typen angequatscht, fast jede Station einer. Und das waren keine Neuntklässler. Das waren bestimmt überhaupt keine *Klässler* mehr, sondern ziemlich coole Jungs. Ich sagte gar nichts und beobachtete Kim. Sie ließ alle gekonnt abblitzen. Dabei sahen zwei von denen ziemlich gut aus. Als wir an der Elbe ankamen, zogen wir die Schuhe aus und steuerten auf ein Feuer zu, das am Strand loderte. Sieben Leute saßen drum herum. Die meisten hatten Bierflaschen in den Händen und rauchten. Als sie Kim sahen, reckten sie die

Flaschen in die Höhe, johlten und pfiffen, als hätte sie gerade einen Preis gewonnen. Einer der Jungs kam sofort auf uns zu und gab uns Bierpullen, die er mit den Zähnen öffnete.

»Das ist Easy«, sagte Kim, »wie *voll easy.*«

»Klingt vielversprechend«, sagte der Typ. »Ich bin Clive. Willkommen am Lido.« Er hielt mir die Faust hin und ich erwiderte den Gruß.

»Lido?«

»Na klar, hier trifft sich doch die Crème de la Crème«, näselte Clive. »Wo ist Alif?«, fragte er Kim. Sie machte eine Geste, als würde sie etwas über ihre Schulter werfen. »Oh, verstehe.« Und damit drehte er sich um und ging zu den anderen zurück. Wir folgten ihm.

»Macht mal Platz für zwei Grazien«, warf Clive in die Runde.

»Hey, Kim«, sagte ein Typ, der aussah wie zwanzig und auch eine Lederjacke trug. Er rückte ein Stück und klopfte auf die freie Stelle neben sich.

»Hey, Latte«, sagte Kim und stieß ihre Flasche an die seine. »Ich hab weibliche Verstärkung mitgebracht.« Sie zeigte auf mich. »Das ist Easy, wie *voll easy.*« Erst jetzt bemerkte ich, dass die Runde zum Großteil aus Jungs bestand. Neben Clive saß noch ein Mädchen, das sich an ihn kuschelte und die Beine zusammenpresste. Sie hatte einen sehr kurzen Rock an. Ihr gegenüber hockte auf einer umgedrehten Bierkiste eine Punkerin mit pink gefärbten Haaren, dramatisch geschminkten Augen und einem Nasenring. Ihre Wangenknochen standen aus ihrem sehr schmalen Gesicht hervor und waren perfekt inszeniert.

»Hi«, sagte ich. Alle außer der Punkerin lächelten mich an

und begrüßten mich. Kim setzte sich neben Latte, der riesig zu sein schien. Seine Knie standen unnatürlich in die Höhe.

»Easy klingt nach Fun«, sagte ein Typ im Anzug, der so gar nicht in die coole Runde passte. Seine Krawatte hatte er um einen Oberschenkel gebunden. Er rückte zur Seite und machte mir Platz.

»Lucky hatte ein Bewerbungsgespräch.« Kim las schon wieder meine Gedanken. Ich ließ mich neben diesem Lucky nieder, der aber gar nicht so lucky aussah, eher ein bisschen hacke. »Wär' eh nix für dich gewesen«, sagte sie zu ihm. »Du hättest bestimmt immer was mitgehen lassen. Und wer will schon in 'ner Bank *arbeiten*? Da holt man seine Kohle ab, fertig.«

»Danke für deine einfühlsamen Worte«, sagte Lucky lachend. Er roch übelst nach Alkohol. »Und wo hat sie dich aufgelesen?« Er sah mich an. Alle sahen mich an.

»Wir kennen uns …«, begann ich, aber Kim fiel mir sofort ins Wort.

» …von 'ner Party«, sagte sie, »bei meinem Ex. Sie war mit seinem Kumpel zusammen.« Kim sah mich an, wie sie den Poschek angesehen hatte, nachdem sie verkündete, sie leide unter Arithmophobie. Ein Einwand kam nicht infrage.

»Die Ex vom Freund vom Ex. Cool«, fasste ein anderer Typ Kims Erklärung zusammen. Kim streckte ihm den hochgereckten Daumen entgegen.

»Korrekt.« Daraufhin sahen mich alle wieder an. Im Grunde hatte mich Kim gerade entjungfert. Ich kam mir gleich ein bisschen erwachsener vor, aber ehrlich gesagt auch ein bisschen unsicherer. An eine Ex wurden ja schließlich Erwartungen gestellt. Sie hatte Erfahrung in Liebesdingen. Meine tatsächlichen Erfahrungen beschränkten sich allerdings auf die Foto-Lovestories in der Bravo, Händchenhalten in der Grundschule, einen Softporno, den ich mir kichernd mit Yara angesehen hatte, und ein paar harmlose Küsschen auf den Mund, die ich dem Flaschendrehen zu verdanken hatte. Einmal sogar mit Matteo. Aber das war auch schon der absolute Gipfel meines wilden Liebeslebens. Himmel. Jetzt hatte ich *Es* also faktisch schon getan. Wie aufregend. Warum Kim aber dieses Märchen über ihr Leben auftischte, beschäftigte mich die halbe Nacht, bis wir wieder alleine waren und ich sie fragen konnte.

»Schule klingt oberuncool«, war ihre ganze Erklärung. Aber ich ahnte, dass noch mehr dahintersteckte.

Kim hatte also doch Freunde. Das hätte ich Yara gerne um die Ohren gehauen, denn es war so unfair, was sie über Kim sagte. Und Partyspiele machte die Clique auch. Wie wir.

»Lasst uns loslegen«, sagte Kim, »die Ex vom Ex muss euch besser kennenlernen«. Sie lachte. »Ne Runde ‚*Ich hab noch nie*'. Ich fang mal an.«

Aber da verzog sich eine Wolke am Himmel und der Mond hing riesig und voll genau über dem Lagerfeuer. »Yessss«, jauchzte Kim und sprang auf. »Los, Easy, wir machen schnell ein Selfie.« Alle stöhnten. Kim schien es gar nicht zu hören. Sie forderte Lucky mit einer Handbewegung auf, Platz zu machen, und schob sich neben mich. »Profilbild. Wir sehen uns an und der Mond steht genau zwischen uns.« Sie strich mir die Haare über eine Schulter und anschließend sich selbst. Dann hob sie das Handy. »Das gibt Likes«, sagte sie und lächelte mich an wie ein leibhaftiger Engel. Nachdem sie mehrfach auf den Auslöser gedrückt hatte, erstarb das Lächeln, sie sprang auf, ging auf ihren Platz neben Latte zurück und beugte sich über ihr Handy.

»Okay, Leute«, sagte Olaf. »Kim ist wohl erst mal beschäftigt. Lasst uns einfach schon starten. Ich fang an: Ich habe noch nie 'nem Kerl 'nen Zungenkuss gegeben.« Olaf war ein bisschen rundlicher, aber nur um den Bauch herum. Und er hatte ein Tattoo auf dem Unterarm, ein Chamäleon, das wirklich schön aussah.

»Bei Girls dann ja wohl 'ne Paula«, sagte die Punkerin, die Jenny hieß, und streckte einen Arm in die Höhe. Ben, ein eher unauffälliger blasser Typ mit Springerstiefeln, tat es ihr gleich. Kim sah von ihrem Smartphone auf.

»Wenn du's schon mal gemacht hast, hebst du die Hand. Und alle, die die Hand heben, müssen trinken«, erklärte sie grinsend und hob eine Hand. Sie fixierte mich, als wollte sie mich dazu bringen, es ihr gleichzutun. Aber ich rührte mich nicht. Auch Lucky, Latte, Clive und seine Freundin Leila taten nichts. Ebenso ein Typ, der Kuddel genannt wurde, was ich völlig unpassend fand, weil er eigentlich süß aussah und Grübchen hatte, wenn er lachte.

»Dann los«, sagte Olaf. Alle Arme gingen runter und dafür die Flaschen hoch. »Prostata!« Kim trank ziemlich viel, die halbe Flasche auf einmal. Ich beobachtete sie die ganze Zeit. Sie hatte also schon mal ein Mädchen geküsst. So richtig, mit Zunge und so.

»Kim«, sagte Olaf.

»Okay … Ich habe noch nie …«, sie sah mich an, »ein Haustier gehabt.« Es versetzte mir einen Stich. Ich hatte eine Weile erfolgreich nicht an Lillys Verlust denken müssen. Leila hob die Hand, ebenso Latte, Lucky, Olaf und Ben. Ich etwas zögerlicher. Denn das bedeutete Bier trinken. Und ich fand es leider widerlich. Ich dachte einen Moment an Papa, der mich mal von seinem Glas hatte nippen lassen, als ich noch ganz klein gewesen war. Ich muss eine irre Grimasse gezogen haben, denn er hatte unbändig gelacht. *Eine reine Seele*, hatte Papa gesagt und mir in die dicken Bäckchen geknutscht. Ich wusste kaum noch etwas aus dieser Zeit, aber das wusste ich noch. Ich setzte also die Flasche an und kippte einige Schlucke herunter wie bitteren Hustensaft.

»Easy«, sagte Kim und zeigte auf mich, »du bist dran.« Himmel, was sollte ich sagen?

»Ich habe noch nie … etwas geklaut«, fiel mir erleichtert ein. Alle schwiegen und sahen sich an. Dann johlten sie los und nach und nach gingen die Hände in die Höhe, ALLE Hände. Immer noch lachend leerten sie ihre Flaschen und verteilten eine neue Runde, diesmal Kims Wodka, in Plastikbechern.

»Hier, mein Engel.« Kuddel, der neben mir saß, reichte mir einen Becher, obwohl meine Bierflasche noch halb voll war. »Auf die Tugend.« Er stieß mit seiner leeren Flasche gegen die meine. Alle erhoben ihre Becher und prosteten mir zu. »Dann mach ich mal weiter«, sagte er. »Ich habe noch nie einen Kuss von einem Engel bekommen.« Er grinste mich an.

»Ohhhhh«, machten alle sofort und »uhhhhhh.« Ich wurde knallrot. Nur gut, dass es im Lagerfeuerlicht nicht zu sehen war. Durch das Make-up wahrscheinlich auch nicht. Clive blickte seine Freundin an und hob den Arm. Leila grinste und boxte ihn in die Seite. Alle anderen Hände blieben unten.

»Das war's?« Kuddel blickte mich an. »Du auch nicht?« Ich zuckte mit den Schultern, dachte aber sofort an Matteo.

»Nein«, sagte ich.

»Na denn.« Clive hob seinen Becher in die Höhe. »Auf alles, was noch kommen mag.« Er zwinkerte Kuddel zu, der ein bisschen näher an mich heranrutschte.

»Ich mach weiter«, sagte Jenny, »ich habe noch nie meinen Vater gesehen.« Sie grinste siegessicher in die Runde. Alle schwiegen. Nur das Feuer schien lauter zu knistern als zuvor. Nach und nach gingen alle Arme in die Höhe. »Na dann, Prostata«, lachte Jenny. Gluckern in den Kehlen. Rülpser. Das Knistern von leeren Bechern und das Zischen von Flaschen, die entkorkt wurden. Schweigen. Ich dachte schon wieder an meinen Vater, sein glückliches Hundegesicht auf dem Foto, und daran, dass Mama mir nicht alles gesagt hatte. Ich nahm noch einen großen Schluck Bier und war froh, dass die Flasche jetzt leer war. Der bittere Geschmack passte zu all dem Ungesagten.

»Ich wünschte, ich hätte ihn nie gesehen«, sagte Kim düster und warf einen Stein ins Feuer. Die Glut spritzte auf. Klar, Kim hatte Eltern. Musste ja. Aber es war doch eine merkwürdige Vorstellung. Ich hätte ihr sofort abgenommen, dass sie alleine wohnt oder in einer WG, und mit einem Fotostudio, in dem sie Tutorials dreht und neueste Produkte testet, die Kosmetik- und Modefirmen ihr geradezu aufdrängen. Eltern, die ihr Essen machten und Taschengeld gaben, passten so wenig zu meinem Bild von Kim wie eine Nonne auf die Reeperbahn. Was war mit ihrem Vater? Das hätte ich sie gerne gefragt.

»Darauf trinken wir einen«, sagte Lucky und schwenkte seine Flasche durch die Luft.

»Mann, du hast so viel Feingefühl wie ein Kühlschrank.«

Clive rempelte ihn von der Seite an. Latte nahm Kim in den Arm und drückte sie sanft an sich.

»Wir sind da, wenn's brennt, okay?« Die anderen nickten oder murmelten etwas Zustimmendes. Ben entzündete einen Joint, zog kräftig daran und gab ihn weiter.

»Genau«, sagte er. Ich starrte den riesigen glimmenden Stängel an. Und sofort kamen ungute Erinnerungen hoch. Ich hätte mal um Haaresbreite meine Jungfräulichkeit an Lennys Bruder verloren, den ich bei Tageslicht und bei klarem Verstand nicht mit dem Allerwertesten ansehen würde. Alter Falter. Gedankenverloren trank ich aus dem Becher und japste nach Luft. Himmel. Mein Mund brannte höllisch.

»Hier, mein Engel«, sagte Lucky und reichte mir den Joint. Ich zögerte. »Hey, sag bloß, du hast noch nie …«

»Blödsinn.« Ich nahm das Ding und zog kräftig daran. Igitt. Sofort bekam ich einen Hustenanfall, der sich gewaschen hatte. Lucky klopfte auf meinem Rücken herum.

»Engelchen, Engelchen«, sagte er mit so einem Unterton, als wollte er eigentlich *Teufelchen* damit sagen.

»Gierig wie ein ausgehungerter Biber«, sagte Clive lachend.

»Biber?« Kuddel zog an dem Joint und reichte ihn Jenny weiter.

»Ja, oder Wolf … was auch immer.« Ben kicherte. Er quiekte so hoch, dass Clive, Leila und Lucky ebenfalls kicherten. Zu meiner eigenen Überraschung kicherte ich auch.

»Beutelratte«, prustete Ben. Der Joint war wieder bei ihm angekommen.

»Okapi«, kicherte Kuddel.

»Mehlwurm«, sagte Jenny trocken. Das Gequieke und Gepruste eskalierte. Ich kapierte den Witz gar nicht, aber ich konnte nicht anders. Ich kicherte auch und fühlte mich so entspannt wie schon lange nicht mehr.

»Zapfhahn«, gluckste Latte. Plötzlich wurde mir kotzübel. Und schon kam die ganze Chose hoch. Ich konnte mich gerade noch umdrehen, verfehlte Lucky knapp, übergab mich aber ausgiebig über seine Anzugjacke, die er hinter sich gelegt hatte.

»Scheiße«, schrie er, sprang auf und riss die Jacke in die Höhe.

»Iiiiiiih«, machten alle. Nur Kim nicht. Während ich mir mit einem Handrücken über den Mund wischte, beobachtete ich, wie sie in aller Ruhe an dem Joint zog und mich dabei belustigt anblickte, als ließe sie das alles völlig kalt. Lucky streifte die Schuhe ab und rannte mit der Jacke zur Elbe runter. Kuddel reichte mir ein gebrauchtes Taschentuch.

»Ich würde sagen«, brachte er kichernd hervor, »wir haben uns geirrt. Es handelt sich eindeutig um ein Exemplar der Gattung Wiederkäuer.« Johlende Zustimmung folgte. Er reichte mir ein neues Bier. »Da, zum Ausspülen.« Seine Grübchen wirkten plötzlich verzerrt, sein hübsches Gesicht war eine Fratze. Ich nahm einen kleinen Schluck. Es brannte höllisch.

»Wie wär's mit 'nem neuen Spielchen?«, fragte Kim, »Wenn ich du wäre …« Und schon begann sie. »Wenn ich du wäre, Kuddel«, sie blickte ihn ausdruckslos an, als würde ihr das Spiel gar keinen Spaß machen, » … dann würde ich mit Easy die Klamotten tauschen.« Die anderen grölten. Mir wurde plötzlich eiskalt. Klamotten tauschen? Das bedeutete, mich ausziehen, vor aller Augen. Himmel, Kim! Schon begann Kuddel seinen Oberkörper zu entblößen. Er bewegte sich dabei wie ein abgehalfterter Stripper. Und als er die Hose abgelegt hatte, saß ich immer noch unschlüssig im Sand und versuchte irgendetwas mit meinen Gedanken zu machen, aber sie machten nicht mit. Da kam nichts. Gar nichts. Kein schlauer Satz von der Art, für die ich sonst berühmt war in meiner Klasse. Keine coole Retourkutsche. Nur gähnende Leere und himbeerfarbenes Chaos. Beides gleichzeitig.

»Worauf wartest du, Easy?« Ausgerechnet jetzt sagte Jenny mal etwas. Ganz langsam zog ich meine Jacke aus, dann die Schuhe, das Shirt. Ich zitterte. Aber ich konnte auch nicht aufhören zu kichern. Es war gruselig. Kuddel half mir die Hose runterzuziehen und .... da klickte wieder etwas in meinem Hirn. *Die Röllchen*, dachte ich, meine Speckröllchen. Alle würden sie sehen. Und noch etwas klickte ... der Auslöser von Kims Handykamera. Genau in dem Moment, als Kuddel mir beherzt an die Brust fasste.

Das Nächste, an das ich mich erinnerte, war, dass ich plötzlich auf Kuddels Motorrad saß. Ich hatte meine Arme um ihn geschlungen, um nicht fortgerissen zu werden, und kam mir geschrumpft vor, weil ich noch seine Sachen anhatte, die an mir herumschlackerten und dabei im Fahrtwind einen Höllenlärm machten. An einen Helm kann ich mich nicht erinnern. Aber an Kims Blick. Sie saß bei Latte hintendrauf und lächelte selig. Ich hatte sie zuvor noch nie so glücklich gesehen. Wären wir gemütlich über Land gefahren, nüchtern und in voller Montur, und wäre es ein sonniger Wochenendtag gewesen, dann hätte ich ihre Begeisterung ja nachvollziehen können. Aber wir lieferten uns gerade ein nächtliches Rennen mitten auf der Königsstraße, mit bestimmt 120 Sachen und zwei besoffenen Vollspackos an den Lenkern, denen wir unsere Seelen anvertraut hatten wie Faust die seine dem Mephisto. Himmel. Oder besser gesagt: Hölle.

»Yippieeeeee«, schrie Kim ausgelassen und reckte eine Hand in die Schwärze der Nacht. »Yippieeeeee.« Während ich mich an einen als Mädel verkleideten Irren krallte und versuchte zu überleben, schien Kim die Nacht ihres Lebens zu haben.

»Nicht so schnell«, brüllte ich gegen die jaulenden Maschinen an.

»Kann nicht bremsen«, schrie Kuddel, »macht die Felgen dreckig.« Und damit drückte er gleich noch mal auf die Tube und zog an Latte vorbei. Es blitzte. Aber von einem Gewitter kam das nicht. Nur gut, dass ich zu viel Alk im Blut hatte, um hysterisch zu werden.

16

Nachdem Mama die Blitzerfotos gesehen hatte, denn vorher wollte sie den Polizisten die Darstellung des *Tathergangs* nicht glauben, ist sie komplett ausgerastet. Sie wollte mich ins Zimmer einschließen und Kim Hausverbot erteilen.

»Was ist eigentlich in dich gefahren, Isabelle?«, brüllte sie. »Du hättest tot sein können, herrgottnochmal.«

»Ja«, sagte ich gequält, denn mein Kopf fühlte sich immer noch so an, als würden Pitbulls darin Polka tanzen.

»Ja? Einfach nur ja?«

»Ja«, bestätigte ich. Sie nahm einen von Tante Susis beknackten Ziertellern von der Wand und pfefferte ihn auf den Küchenboden, wo er zerschellte.

»Das ist alles, was du zu sagen hast? JA? Ich fass es nicht.« Tränen schossen ihr in die Augen. Sie setzte sich auf die Küchenbank und vergrub ihr Gesicht in den Händen.

»Ist wohl aus dem Ruder gelaufen, der Abend«, sagte ich leise und drückte meine Schläfen. Sie sah mich an und lachte hysterisch.

»Aus dem Ruder. Allerdings. Ich würde sogar sagen aus der Fahrbahn. Aber macht ja nix, stimmt's? Ist ja gut gegangen, was?« Der nächste Zierteller landete auf den Küchenfliesen. »Wenn ich diese Kim in die Finger kriege …« Sie ballte die Fäuste und kniff die Augen zusammen.

»Kim ist meine Freundin«, sagte ich kraftlos.

»Deine Freundin?«, keifte Mama. »Eine Freundin, die dich umbringen will?«

»Jetzt reicht's aber, Mama. Kim will niemanden umbringen. Sie hat schließlich selbst mitgemacht, verdammt!« Ich nahm den letzten Zierteller von der Wand und knallte ihn auf den Boden. Dann schleppte ich mich die Treppe hoch und in mein Zimmer. Gleich neben der Tür ließ ich mich auf den Boden plumpsen und lehnte den Kopf gegen die Wand. Ich hörte, wie Mama weinte, wie sie die Scherben zusammenfegte, den Computer hochfuhr und wie sie schließlich eine Stunde lang mit Papa skypte. Er klang völlig aufgelöst und ließ durchblicken, dass er mich retten kommen wollte. Sie haben sich nicht mal angeschrien. Und damit war meine nächtliche Aktion also doch noch überraschend erfolgreich. Aber ehrlich gesagt, um nichts in der Welt hätte ich diesen Höllenritt wiederholen wollen. Da musste man schon mit 'nem Hammer geduscht haben, um so endbescheuert zu sein. Himmel.

17

Als ich ein paar Stunden später herunterkam, mit einem grässlichen Kater im Schlepptau, stand Mama gerade mit gerümpfter Nase vor einem Haufen ranziger Klamotten. Kuddels Klamotten. Sie hatte Gummihandschuhe an und hob mit spitzen Fingern eine speckige Jeans hoch.

»Die könnten wir in Notzeiten auskochen«, sagte sie bierernst. Dann blickte sie mich an, mit zuckenden Mundwinkeln. Und 'ne Sekunde später lagen wir uns in den Armen. Ich fand sie richtig cool. Dabei war sie wohl einfach froh, dass ich noch am Leben war. Und dann erzählte sie mir endlich, was es mit dem Stiletto in Papas Wohnung auf sich hatte. Der war nämlich von Lara, Papas ehemaliger *Praktikantin*. Die war 'ne Ecke jünger als Mama, zu allen Schandtaten bereit und deshalb sofort einverstanden gewesen, mit ihm nach Tokio zu gehen. Mama wollte da nie hin. Deswegen hatte Papa ihr vorgeworfen, ihm die Karrierechancen zu vermasseln, womit der Streit endgültig eskalierte. Als ich ihr dann noch gestand, dass ich damals Geld aus der Haushaltskasse genommen hatte, um mir einen besonders schalldichten Kopfhörer kaufen zu können, war sie richtig erschüttert. Am Ende lagen wir uns weinend in den Armen, und beinahe hätte ich die Stiefeletten wieder gegen meine alten löchrigen Chucks getauscht, aber dann schlug Kim bei uns auf, frisch und wunderschön wie der junge Morgen, als hätte es den Höllenritt letzte Nacht nie gegeben. Ich schleuste sie am Wohnzimmer vorbei die Treppe hinauf, damit Mama sie nicht sah. Sie brachte mir meine Klamotten, mit denen Kuddel sogar auf der Polizeiwache gesessen hatte.

»Die haben ihn für ’ne Transe gehalten.« Kim schnalzte genüsslich mit der Zunge. »Latte hat sich für ihn eingesetzt, zumindest hat er’s versucht.« Sie lachte. »Und jetzt steht im Protokoll, dass ein besoffener Schwuler mit seinem bekifften Lover zwei Lesben abgeschleppt hat, von denen eine ausgesehen hätte wie Harpo Marx oder so. Und alles mit ’nem Haufen Ausrufezeichen und Gänsefüßchen.«

»Meinen die mich? Wer ist Harpo Marx?«

»Das hab ich die Bullen auch gefragt. War wohl ’n Komiker, ein bekloppter Stummer mit roter Perücke und viel zu weiten Klamotten.« Hatte ich nie gehört. Aber nach der Beschreibung wollte ich ohnehin keine weiteren Details.

»Steht mein Name da auch drin?«

»Na klar, ist ’n *seriöses* Protokoll. Wenn du mal berühmt wirst, dann steht das in jedem Klatschblatt als deine *dunkle Vergangenheit.*« Kim sank auf meinen Sessel. Ich stand immer noch blöde herum und dachte darüber nach, dass ich nun für alle Zeiten als stumme Perücken-Lesbe in den Polizeicomputern herumspuken würde. Himmel.

Kim öffnete eine Chanel-Tüte und zog mit ebenso spitzen Fingern meine Hose heraus, wie Mama das zuvor mit Kuddels Jeans gemacht hatte.

»Mit der kannst du ’ne neue Mode kreieren«, sagte sie und warf mir die Hose zu. Danach desinfizierte sie sich sofort die Hände. Die Beine der Jeans waren an den Nähten bis fast zur Leiste aufgerissen. Aber Kim hatte sie schon bearbeitet. An den Schlitzen entlang hatte sie lauter kleine Löcher gestochen, durch die sich nun goldene Geschenkbänder schlängelten, die an den Enden zu Schleifen gebunden waren. Ich zog die Hose an.

»Cool«, sagte Kim, »lass uns Pics machen.« Sie packte ihr Kosmetiktäschchen aus und zeigte mir, wie man sich schminken musste, damit der Look auf den Fotos auch gut rüberkam. Dann klemmte sie ihr Handy auf einen Selfiestick und schob uns in Position. Anschließend suchte sie das ihrer Meinung nach beste Foto heraus und bearbeitete es, bis ich uns kaum wiedererkannte.

»Ich lad es gleich hoch«, verkündete sie. »Wetten, wir haben heute Abend ein Date?« Und bevor ich etwas sagen konnte, hatte sie das Foto schon gepostet. Ich sah darauf fast so dünn aus wie Kim, mit seidenweicher Haut. Alle Unreinheiten hatte sie in Sekundenschnelle eliminiert. Es hagelte Likes. Himmel. Kim hatte offensichtlich viele Fans. Nach fünf Minuten hatten schon 87 mir unbekannte User das Bild geliked und die Liste der Kommentare wuchs rasch. *Superhübsch*, stand da zum Beispiel. Und *Ihr seid Hammer.*

»Bingo«, sagte Kim plötzlich und hielt mir das Handy vor die Nase. Ich las die Nachricht von einem Zac: *Wie wäre es mit nem Drink?* Er hatte auch gleich ein Foto von sich gepostet.

»Sieht doch passabel aus.« Der Typ war irgendwas zwischen 17 und 19, hatte kurze lockige Haare, gut trainierte Bauchmuskeln, die sich unter dem T-Shirt abzeichneten, und ein wirklich nettes Lächeln, das mich ein wenig an Matteo erinnerte. Er sah so perfekt aus wie ein Model. Der hatte es bestimmt auf Kim abgesehen.

»Kennst du ihn?«, fragte ich.

»Nee, aber genau das bringt ja gerade den Kick.«

»Ich weiß nicht.«

»Oh«, machte Kim, mit einer Mischung aus Freude und Enttäuschung. »Er meint dich.« Sie drückte mir ihr Handy in die Hand und stand auf.

Ich steh auf rote Haare, hatte Zac hinzugefügt. Er meinte tatsächlich mich, beziehungsweise die gemorphte Isi.

»Aber so seh ich doch gar nicht aus!«, rief ich Kim hinterher, die im Bad verschwand.

»Na, dann tu halt was«, rief sie zurück.

»Was denn?« Und schon schwang die Tür wieder auf und Kim schwebte herein.

»Ich schick dir 'nen Link.« Sie nahm ihr Handy und tippte darauf herum. *Bing*, machte es bei mir. »Ich schreib Zac, dass du gerade ein Praktikum bei Chanel in Paris machst und noch mindestens einen Monat weg bist. Das müsste reichen, wenn du mein Programm durchziehst. Solange hältst du ihn mit Pics bei der Stange.«

»Was? In vier Wochen soll ich so dünn sein wie du? Bist du irre? Das ist unmöglich.« Ich sprang auf und sah mich im Spiegel an. Es war entmutigend. »Außerdem, so ein wildfremder Typ ... ich weiß nicht.«

»Es ist gut, ein Ziel zu haben«, sagte sie streng, »das bringt dich voran.« Sie tippte schon an *meiner* Antwort. »Und ein bisschen mehr Abenteuerlust könnte dir auch nicht schaden.«

Das klang nun wirklich völlig absurd. Ich war in meiner Clique doch berühmt für meine Abenteuerlust. Aber im Ernst, das hier ging entschieden zu weit. Ich hatte gerade ein Motorradrennen überlebt. Zac sah zwar umwerfend aus, aber geheuer war er mir nicht. Und brauchte ich einen Typen, um mich von Matteo abzulenken? War die neue Easy eine, die auf jemanden wie Zac stand?

»Das Programm zieh ich durch«, sagte ich taff, »aber ein Treffen mit ’nem Unbekannten … nee.« Kim zog einen Mundwinkel hoch, genüsslich, wie mir schien.

»Warten wir’s ab«, sagte sie bloß.

Kims Sport- und Ernährungsplan war straff getaktet. Kleinste Einheiten der Nahrungsaufnahme, wie ein Apfel oder Salatblätter mit Zitrone, wechselten mit einem umfassenden Sportprogramm, für das ich mindestens drei bis vier Stunden am Tag aufwenden müsste. Ich druckte den Plan aus und pinnte ihn an die Türinnenseite meines Kleiderschranks. Ich las: *am Morgen ungesüßten Tee und einen halben Apfel.*

»Meine Mutter wird ausrasten«, sagte ich mutlos. »Lässt deine dich denn in Ruhe?« Kim saß auf meinem Sofa, ihre langen Beine übereinandergegossen, die aufpolierten *Smokey Eyes* auf ihr iPhone gerichtet. Sie wirkte völlig abwesend. »Kim? Macht deine Mutter keinen Zoff?«

»Kann sie gar nicht«, sagte Kim, ohne aufzusehen. »Hab sie schon seit zehn Jahren nicht mehr gesehen.« Sie gähnte und hielt sich dabei eine Hand vor den Mund. Anschließend die Desinfizier-Nummer.

»Zehn Jahre?« Ich ließ mich neben sie plumpsen. »Heftig.«

»War besser für sie.« Kim sah stoisch auf ihr Handy. »Sonst hätte sie’s nicht überlebt.« In ihrer Stimme schwang eine Gleichgültigkeit mit, die mich fertigmachte.

»Was hätte sie nicht überlebt?« Ich rückte näher an Kim heran. Endlich blickte sie auf.

»Du willst es wirklich wissen.« Ein Zucken im Mundwinkel.

Dann legte sie los. »Mein Vater säuft, seit ein Arbeitsunfall ihn zum Krüppel machte. Wenn er säuft, wird er zum Arschloch. Meine Mutter hat er mal halb tot geschlagen. Da hat sie ihre Sachen gepackt und ist abgehauen.«

»Ohne dich?«

»Jep. Mir hat er ja nie was getan. Da dachte sie wohl: besser ein besoffener Vater und ein Dach über dem Kopf als eine obdachlose Mutter auf der Flucht.«

»Und?«

»Was und?«

»Isses besser so?«

»Woher soll ich das wissen?« Sie blickte wieder auf ihr Handy. »Er säuft halt und ist ein Arschloch. Ich hau eh bald ab.«

»Wo willst du denn hin?«

»Kanada.«

»Kanada? Warum denn ausgerechnet Kanada?«

»Ist 'n cooles Land. Hab dort Freunde. Kann da wohnen und modeln.«

»Echt? Irre.«

»Comptoir. So heißt ihr Modelabel.«

»Ist das nicht aus Paris?«

»Dann eben Frankreich«, sagte sie schulterzuckend, als hätte sie gerade entschieden, anstatt eines Franzbrötchens ein Croissant zu essen. Himmel.

Kim hatte sich offensichtlich selbst aus der Scheiße gekämpft. Nicht nur, dass sie eine *Erscheinung* war, sie ließ sich auch von nichts unterkriegen und musste den eisernen Willen und die Disziplin eines Samurai haben, denn sie hielt auch noch diesen brutalen Ernährungsplan durch. Ob ich das auch schaffen konnte? Ich wollte es wenigstens versuchen.

»Hast du auch Freunde in Tokio?«, fragte ich.

»Na klar. Ich kenn einen über Instagram, der hat dort 'nen Salon. Willst du nach Tokio?«

»Weiß nicht. Mein Papa lebt da jetzt. Was für einen Salon?«

»Na einen Salon eben, für Mode und so, heißt *Seventh Heaven*. Könnte ich auch hin. Is' mir aber zu schlechte Luft da. Du musst auf der Straße immer eine Maske vor Mund und Nase tragen, damit du dich nicht vergiftest. Is' doch Scheiße. Und der Look ist auch für'n Arsch.«

Davon hatte Papa gar nichts erzählt. Ob Lara auch mit so einem Mundschutz herumlief? Der Gedanke gefiel mir. Stilettos und Mundschutz. Himmel. Was Kim alles wusste.

Es klingelte. Ich hörte Mama freudig aufschreien. Gleich darauf trippelten mindestens drei Paar Füße die Treppe herauf. Und dann standen sie alle in meinem Zimmer: Yara, Matteo, Latifa, Josh und Anouk. Sie strahlten wie eine Horde Honigkuchenpferde. Da sah ich, was Yara auf dem Arm hatte.

»Lilly!« Ich stürmte auf Yara zu und nahm ihr mein geliebtes Kaninchen ab. Es war völlig unversehrt. Ich drückte Lilly an mich und strich durch ihr weiches Fell. »Wo war sie?«

»Wir haben eine Aktion gestartet«, sagte Yara, »und an jeder Tür geklingelt. Ein Typ hatte sie tatsächlich gefunden und beim Tierheim abgegeben. Das war drei Straßen weiter. Da hingen keine Zettel mehr. Lilly hat also zwei Straßen überquert.«

»Ihr seid super.« Ich umarmte einen nach dem anderen. Matteo drückte mich besonders fest an sich.

»Dornröschen«, flüsterte er mir ins Ohr. »Nimm dich vor dem vergifteten Apfel in Acht.« Ich kniff ihm lachend in den Arm.

»Das war doch bei Schneewittchen.«

»Egal.« Er hob eine Augenbraue. »Gift ist Gift.«

Erst jetzt bemerkte ich, dass Josh Yara an der Hand hielt.

»Hey, ich hab wohl was verpasst?«, sagte ich grinsend.

»Allerdings.« Yara lächelte Josh an. »Auf Latifas Party mussten wir die Klamotten tauschen und dann …« Sie kicherte. Plötzlich wurde mir klar, wie schade es war, dass ich diesen historischen Moment in Yaras Leben nicht mitbekommen hatte. Josh war ihr erster Freund. Und damit hatte sie mich tatsächlich überholt, auch wenn ich am selben Abend zur *Exfreundin* gemacht worden war.

»Wir wollen zum *Cortina*«, sagte Josh. »Kommst du mit?« Ich blickte zu Kim, die ich völlig vergessen hatte. Sie saß immer noch unverändert auf dem Sofa und wischte auf ihrem Handy herum. Sie hatte kein Wort gesagt, weder zu Lillys Rückkehr noch zu sonst irgendetwas, nicht mal ein *Hallo*. Die anderen warteten offensichtlich noch auf ein Zeichen von ihr, um sie zu begrüßen. Sie gewährte es ihnen nicht.

»Kim«, sagte ich, »wollen wir mit?« Langsam blickte sie von ihrem Handy auf und sah mich an. Sie sagte immer noch kein Wort, blickte mich nur so lange an, bis ich verstand. Der Ernährungsplan! Den hatte ich ganz vergessen. Das Cortina war ein Eiscafé, sozusagen der Vorhof zur Fettröllchen-Hölle. Ich blickte betrübt in die Runde. »Geht leider nicht«, sagte ich, »ich mach gerade eine Diät.« Die anderen sahen sich ratlos an.

»Du?«, fragte Latifa. »Wofür?« Ich hob mein Shirt, damit sie den geöffneten Hosenknopf sehen konnte.

»Dafür.«

»Die Hose ist ja auch viel zu eng«, sagte Latifa. Und nun

blickte Kim doch noch auf. Sie schlug ihre Beine andersherum übereinander und fixierte Latifa.

»Dann trägt der Poschek wohl auch zu enge Hosen, was?«

»Den kann man ja wohl kaum mit Isi vergleichen. Der hat eine ausgewachsene Wampe.«

Kim stand auf. Sie war riesig mit ihren hohen Schuhen.

»Miese Nummer«, sagte sie. Alle warteten, aber mehr kam nicht.

»Was?«, fragte Latifa.

»Das Kaninchen zurückbringen und dann psychologischen Druck aufbauen.«

»Häh? Wer baut denn hier bitte schön Druck auf?« Latifa kochte.

»Lass uns trainieren«, sagte Kim zu mir, »hier wird man ja schon beim Zuhören fett.« Sie ging auf das Grüppchen zu, das sich vor ihr teilte.

»Du spinnst wohl.« Latifa stellte sich ihr in den Weg. Kim berührte sie mit einem Finger an der Schulter und schob sie zur Seite. Danach desinfizierte sie sich die Hände, bevor sie hinausging. »Kommst du?«, rief sie, ohne sich noch einmal umzudrehen. Ich stand unschlüssig mitten im Raum. Kim hatte sich unmöglich benommen, so viel stand fest. Aber würde ich sie nun gehen lassen, dann wäre die neue Easy Geschichte. Ich würde so weitermachen wie bisher, in einem Leben, das nicht mehr so war wie bisher. Nein, ich wollte mutiger werden und disziplinierter, so wie Kim. Und natürlich dünner. In meinem Herzen tat es weh, aber mein Kopf sagte mir: Halt durch, Easy, dann wird alles besser, du wirst schon sehen. Ich wich den Blicken meiner Freunde aus.

»Sorry«, sagte ich, »muss trainieren.« Matteo hielt mich an

den Armen fest. Seine Kleeblattaugen. Ich musste wegsehen, entwand mich seinem Griff und ging hinaus. Am Treppenabsatz drehte ich mich um.

»Danke, für Lilly.« Dann ließ ich sie einfach alle in meinem Zimmer stehen, schnappte meine Sporttasche und ging trainieren, mit eisernem Willen und einem scheißkalten Herzen.

18

Als ich nach Hause kam, saß Paul in der Küche.

»Hi«, sagte er.

»Wo ist Mama?«

»Zum Yoga.«

»Aha.«

»Setz dich doch mal zu mir«, sagte Paul. Ich konnte es nicht fassen. Kopfschüttelnd ging ich die Treppe hoch. »Deine Mutter macht sich Sorgen«, rief er mir nach.

»Ja, ich mach mir auch Sorgen um sie«, rief ich zurück und knallte meine Tür zu. Ein Blick auf Lillys Käfig. Aber sie war noch da. Puh. Es klopfte. »Nein«, brüllte ich. Die Tür ging auf.

»Da haben wir etwas gemeinsam«, sagte Paul. »Ich mach mir nämlich auch Sorgen um deine Mutter.« Er kam einfach herein. »Sie ist völlig durch den Wind, geht in die falschen Klassen, weint plötzlich im Lehrerzimmer los, vergisst die Konferenzen.«

»Wenn du gekommen bist, um mir ein schlechtes Gewissen zu machen, dann vergiss es. Sie ist diejenige, die Mist gebaut hat.«

»Weil sie nicht nach Tokio gehen wollte? Weil sie dich nicht aus deinem gewohnten Umfeld reißen wollte?« Paul nieste.

»Lass mich in Ruhe. Das geht dich alles ’nen Dreck an«, schrie ich.

»Nein, weil ich deine Mutter sehr gernhabe und weil du

scheinbar vorhast, alles kaputt zu machen, was noch nicht kaputt ist.«

»Ich?« Das war nun wirklich der Gipfel. »Ich versuche, das Beste aus dem ganzen Scheiß zu machen. Und du hast hier gar nichts zu sagen. Lass mich endlich in Ruhe!« Paul nieste.

»Ich gehe, aber denk drüber nach. Manchmal ändern sich die Dinge eben. Das heißt aber noch lange nicht, dass man dann mit der Axt um sich schlagen sollte.« Er ging tatsächlich. Die Tür ließ er offen. Ich schmiss sie hinter ihm zu, dass der Putz bröckelte. Was fiel diesem Kaninchenmörder eigentlich ein? Hatte Mama ihn auf mich angesetzt? Die Haustür knallte zu. Jetzt drehten sie alle durch. Die Einzige, auf die ich mich noch verlassen konnte, war Kim … und ihr Ernährungsplan. Ich öffnete die Schranktür und las mir durch, was für den Abend vorgesehen war. 50 Situps und eine Gemüsebrühe. Gut. Wenn ich mich leichter fühlen würde, dann würde auch alles andere leichter werden. Da war ich mir sicher. Und Kim sagte: *Wenn man die ganze Zeit übers Essen nachdenkt, bleibt keine Zeit für andere Gedanken.* Und es waren ja die *anderen Gedanken*, die mich so quälten.

19

Die ersten zwei Wochen waren hart. Ich hatte dauernd Bauchschmerzen, konnte tatsächlich nur noch ans Essen denken und meine Laune war auf dem Tiefpunkt. Mama hatte unsere Waage entsorgt, zeterte die ganze Zeit herum und schien furchtbar enttäuscht von mir zu sein. Es machte mich fertig. In der Schule strengte ich mich an wie noch nie, hoffte, sie mit guten Noten zu besänftigen. Das entlockte ihr zwar hin und wieder ein Lächeln, das aber sofort in vorwurfsvolle Blicke umschlug, wenn ich das Essen ablehnte. Ich wollte die *Operation Rettungsinsel* schon abbrechen. Aber dann schenkte mir Kim eine neue Waage.

»Stell dich drauf«, sagte sie, »na los.« Es war das erste Mal, dass ich Angst hatte, mich zu wiegen. Wenn ich nicht wenigstens drei Kilo abgenommen hatte, dann würde ich mich in Grund und Boden schämen. Aber ich wagte den Schritt und konnte es kaum glauben: ganze vier Kilo weniger.

»Yeah«, jubelte Kim und hob eine Hand, »ich bin stolz auf dich.« Ich schlug ein. »Du hast Stärke bewiesen, wo andere immer schwach werden.« Diese Worte aus Kims Mund euphorisierten mich und ich beschloss, Mamas Vorwürfe nicht mehr an mein Herz ranzulassen. Ja, ich war stark, mein Wille war stark. Ich konnte etwas, das andere Mädchen nicht konnten. Und ich war mächtig, denn zu Hause drehte sich alles nur noch um mich. Sogar Paul war schon genervt davon. Die

Stimmung lag in meiner Hand. Aß ich ein Toastbrot, ging es allen gut, lehnte ich es ab, löste sich der Friede in eine Kakophonie auf, die immer häufiger in einem handfesten Streit zwischen Mama und Paul endete. Manchmal wurde sogar Papa per Skype zugeschaltet und es gab eine Konferenz zum *Erhalt des Weltfriedens.*

Während Kim sich die Hände desinfizierte, betrachtete ich mich im Spiegel und stellte fest, dass die Lücke zwischen meinen Oberschenkeln schon größer geworden war. Verrückt, wie eine kleine Lücke so viel Freude auslösen konnte. Diesmal war sie nicht nur auf einem beschönigten Foto zu sehen, sondern ganz real. Und ich wurde auch immer besser im Bearbeiten der Pics und postete täglich mindestens ein neues Selfie auf *@Easy4ever*. Lilly hatte ich in Rente geschickt. Sie durfte ihren *Hobbys* nachgehen und Möhren knabbern, während ich hart an meinem Online-Auftritt arbeitete. Jetzt gab es schon mal 30 Likes in den ersten fünf Minuten und die schmeichelnden Kommentare von völlig Fremden animierten mich dazu, ein paar knappere Outfits zu wählen, denn ich stellte fest: Mehr Haut bedeutete mehr Likes. Aus meiner Klasse folgte mir außer Kim nur Nelly. Ich wurde aber das Gefühl nicht los, dass sie dazu auserwählt worden war, um die anderen auf dem Laufenden zu halten.

Die Schule wurde immer lästiger. Ich spürte den Druck der alten Clique, die mich wieder einfangen wollte, und verschanzte mich hinter meiner zunehmend harten Schale. Yara hörte nicht auf, mich zu bearbeiten. Ständig schob sie mir Zettelchen zu, mit traurigen Smileys, bohrenden Fragen und Hinweisen auf Matteo. Kim, die ja mit einem siebten Sinn gesegnet war, bemerkte das natürlich und bot mir den Platz neben sich an, der traditionell unbesetzt war. Schon in der folgenden Schulstunde zog ich um. Yara legte ich einen Zettel auf ihren Platz mit der Info: *Kann mich hier nicht konzentrieren. Sorry.* In der Pause sah ich sie mit Josh im Flur stehen. Sie hatte ganz verheulte Augen und er strich ihr über den Rücken. Ich fühlte mich mies und wollte zu ihr gehen, aber Kim hielt mich zurück.

»Die will dir nur ein schlechtes Gewissen machen. Guck doch mal, wie scheiße du dich jetzt fühlst. Die tut dir echt nicht gut.« Ich war hin und her gerissen. Aber Kim legte nach. »Hey, Easy, du brauchst die Kraft jetzt für dein Programm. Das hier wird dich motivieren!«

Und dann zeigte sie mir eine Nachricht von Zac: *Ich zähl schon die Tage, Baby. Du bist mein Traum.* Mein Magen zog sich zusammen. Als ich wieder aufsah, waren Yara und Josh verschwunden und der Zeitpunkt verpasst. Ich blieb also neben Kim sitzen, die mich immer wieder mit Zac-Posts infiltrierte, bis ich nicht mehr wusste, was ich eigentlich wollte, und mein Hirn vom vielen Hungern schon ganz matschig geworden war, wie ein frisch geschissener Kuhfladen.

Aber nicht nur Zac schien sich für mich zu interessieren, auch die Jungs aus den höheren Klassen drehten sich neuerdings nach mir um, wenn ich über den Pausenhof flanierte. Und Kim postete regelmäßig neue Fotos von uns auf ihrem Kanal, um mir zu noch mehr Followern zu verhelfen. Ich ähnelte darauf immer mehr den Supermodels aus den Modezeitschriften und erkannte mich kaum noch wieder. Aber Kim duldete keinen Widerspruch, versicherte mir, ich würde es schon schaffen, auch im *Real Life* so auszusehen. Meine Zweifel ignorierte sie einfach. Dabei wollte ich diesen Zac doch gar nicht treffen, oder etwa doch? Er sah echt unglaublich gut aus und hatte nun so lange auf ein Date mit mir gewartet. Aber was sollte das werden? Würde es mich von Matteo ablenken, wieder glücklicher machen, attraktiver? Ich wollte doch vor allem eine Andere sein, eine, die man nicht mehr verletzen konnte. Passte da ein Date mit einem Unbekannten? Es war kompliziert.

Und der Unterricht nervte. Ich konnte mich schlecht konzentrieren, war abwesend und dachte ständig ans Essen. Mein Magen knurrte ununterbrochen. Aber das war gleichzeitig wahnsinnig befriedigend, denn es zeigte ja, dass ich die Diät durchhielt. Jeder Tag, an dem ich das Programm schaffte, bescherte mir Glücksgefühle und entschädigte mich für die Qualen des bohrenden Hungers. Kim war süß. Sie schenkte mir eine ihrer schönsten Hosen und sagte: »Wenn du da reinpasst, dann hast du's geschafft.« Das spornte mich irre an. Ich pinnte die Hose an meine Wand und betete sie an wie eine Heiligenfigur. Jeden Abend betrachtete ich sie vor dem Einschlafen und stellte mir vor, wie toll sie an mir aussehen würde, wenn ich endlich abgenommen hatte. Solange musste ich eben hinnehmen, dass sich mit den schwindenden Kilos auch meine Lebensfreude verabschiedete.

20

An einem Sonntag nahm Kim mich wieder mit zu ihrer Clique. Diesmal trafen wir uns auf dem Ohlsdorfer Friedhof.

»Da kann man coole Selfies machen«, sagte sie in der S-Bahn. Wir kletterten durch ein Loch im Zaun und liefen kreuz und quer über die Anlage. Kim schien sich gut auszukennen und ging zielstrebig die Wege ab. Wieder hatte sie eine Flasche Wodka dabei. Mir schauderte schon jetzt davor. Außerdem wusste ich inzwischen, dass Alkohol wahnsinnig viele Kalorien hatte. »Ach«, sagte sie. »Dafür essen wir eben nichts.« Sie warf ihre schönen Haare zurück und lächelte. Ich betrachtete im Vorbeigehen die Grabsteine, die riesigen Rhododendron-Büsche und die verträumt blickenden Skulpturen, die im Dämmerlicht schimmerten.

»Fragst du dich manchmal, wo deine Mutter wohl ist?«

»Nö«, sagte sie und steuerte auf eine Kapelle zu.

»Aber vielleicht ist sie ja ganz in deiner Nähe und denkt an dich.«

»Na und? Sie ist gegangen. Wenn sie mich sehen will, dann kann sie ja zu mir kommen.« Kim schwenkte die Flasche in der Luft und aus der Ferne kam Gejohle. Die anderen saßen auf dem Rand eines Springbrunnens und hatten ihre Füße ins Wasser gestellt.

»Aber willst *du* sie denn nicht sehen?« Ich blieb stehen. Kim ging einfach weiter.

»Mir egal«, sagte sie. Und dann begrüßte sie Latte, der aufgestanden war. Lucky spritzte mich nass. Er hatte diesmal eine Jeans und ein T-Shirt an. Seine Hosenbeine hingen im Wasser. Es war ein ungewöhnlich heißer Abend und die Abkühlung tat gut.

»Du hast den Engel mitgebracht. Das passt«, sagte er zu Kim und prostete mir mit einer Bierflasche zu. Jenny sah heute auch ganz anders aus. Ich hätte sie fast nicht erkannt. Ihre Haare waren nun grün und sie hatte sich bunt geschminkt, wie zum Christopher Street Day oder so. Und in den knalligen Haaren steckte eine echte Lilienblüte. Jenny lächelte sogar.

»Hi, Easy«, sagte sie, »schön, dass du mitmachst.« Ich fragte mich gerade, bei was genau, da umarmte mich jemand von hinten. Ich erkannte die Ärmel der Lederjacke, die ich auch schon getragen hatte, und drehte mich um.

»War 'ne krasse Aktion, was?« Kuddel grinste. »Leider is der Lappen noch 'ne Weile weg.«

»Oh, tut mir leid«, sagte ich. Aber eigentlich war ich froh darüber. Noch einmal hätte ich so eine Tour oder besser Tortur nicht mitgemacht. Clive nickte mir zu.

»Wo ist Leila?«, fragte ich.

»Keine gute Frage«, sagte Olaf und hielt mir die Hand hin. Ich schlug ein. Neben seinem Chamäleon-Tattoo räkelte sich nun eine Meerjungfrau.

»Oh, sorry.«

Ben war der Einzige, der seine Schuhe nicht ausgezogen hatte. Er winkte mir wortlos zu.

»Eine Runde Sargnägel«, verkündete Lucky und verteilte Zigaretten.

»Wollen wir?«, fragte Jenny und stand auf.

»Fehlt noch jemand.« Kim ließ sich von Latte Feuer geben und tat so, als würde sie nicht bemerken, dass alle sie ansahen.

»Der Pfarrer oder was?« Kuddel faltete die Hände.

»So ungefähr.« Kim blickte gelangweilt in die Ferne und sah dabei der Marmorskulptur, die den Brunnen zierte, verdammt ähnlich. Aus einem der Seitenwege kam jemand auf uns zu. »Überraschung«, sagte Kim und schnipste die Zigarette auf den Boden, an der sie nur ein Mal gezogen hatte. Ein Typ wie ein Baum stampfte heran, groß, sehr kräftig, mit kurz geschorenen Haaren, tätowierten Armen und einem goldenen Ring in einem Ohrläppchen. Er war mindestens 25, wenn nicht noch älter. An einem Arm baumelte ein Motorradhelm mit einem Totenkopf drauf. Er ging geradewegs auf Kim zu, nahm sie in den Arm und küsste sie ausdauernd. Dann rollte er sie in seine rechte Armbeuge und blickte in die Runde.

»Das ist Moses«, sagte Kim. »Er war mal Ministrant.«

»Was geht, Leute?«, sagte Moses. Seine Stimme klang wie das scheppernde Rangieren eingerosteter Kräne im Hafen. Alter Falter. Wenn der Ministrant war, war ich die unbefleckte Empfängnis. Ich wurde einfach nicht schlau aus Kim. Was wollte sie mit diesem Schwerverbrecher? Jennys hübsches Lächeln erstarb.

»Mensch, du weißt doch, warum wir hier sind.«

»Eben«, sagte Kim, »also los.« Sie riss eine Rose von einem Strauch. »Gleich ist es dunkel.« Alle erhoben sich, schlüpften in ihre Schuhe und dann ging es eine Weile kreuz und quer über den Friedhof.

»Was suchen wir denn?«, fragte ich Lucky, der neben mir lief.

»Jennys Vater.«

»Was? Der ist hier?« Ich konnte nicht fassen, dass Kim mir nichts erzählt hatte.

»Exakt.« Lucky zog im Vorbeigehen einen Strauß bunter Blumen aus einem Kelch, der auf einem Grab stand, und nahm ihn mit.

Ich hatte längst die Orientierung verloren, als wir endlich an einer Gruft anhielten, die von Efeu überwachsen war und einen unscheinbaren grauen Stein hatte.

»Da ist es«, sagte Jenny. Sie holte eine Friedhofskerze aus der Jacke, die sie entzündete und auf das Grab stellte. Dann zog sie die Lilie aus ihrem Haar und legte sie daneben ab. »Wer hält die Rede?«

Moses riss grob ein paar Efeustränge vom Gedenkstein und leuchtete ihn mit einem Feuerzeug an.

»Aha«, machte er. »Caspar Mühlenbach.« Er sah Jenny an. »Der Name ist ein Witz, oder?« Er lachte laut auf, genehmigte sich einen Schluck Wodka und rülpste. Jenny stand da wie eingefroren. Nur in ihren Augen regte sich etwas und sie wurden langsam feucht. »Klingt total schwul«, fuhr Moses ungerührt fort.

»Hey.« Kim boxte ihn auf den Oberarm. »Wir sind nicht bei den Harley Days. Nimm den Gang raus, ja?«

»Hör mal, Häschen.« Moses griff ihr Handgelenk. »Wenn ich den Namen schwul finde, dann finde ich ihn schwul. Klar?« Er lockerte den Griff und Kim zog ihren Arm ein. Sie nahm einen Schluck aus der Wodkapulle, drehte langsam den Deckel ins Gewinde und gab die Flasche an Olaf weiter. Mir fiel auf, dass sie es vermied, jemanden anzusehen. Sie heftete ihren Blick auf die flackernde Kerze und schien in stiller Einkehr versunken.

»Jenny ist weg«, sagte Clive plötzlich. »Dein Spacko hat das Feingefühl eines Bulldozers.«

»Hast 'n Problem?«, polterte Moses und ließ ein Springmesser aufschnappen. Aber Clive war schon verschwunden und suchte nach Jenny. Olaf drückte mir den Wodka in die Hand.

»Oh Mann, Kim, du weißt doch, was mit Jenny los ist, musst doch nicht in der Wunde bohren.« Und weg war auch er. Kim blickte auf ihre Hände, die sie gerade desinfizierte und endlos aneinanderrieb.

»Moses hat doch recht, Jennys Vater war 'n Arsch«, nuschelte sie, vermied aber weiterhin, jemanden anzusehen. »Wenn sie das endlich kapiert, geht's ihr bestimmt besser.« Sie legte die abgerissene Heckenrose auf das Grab. »Ich weiß doch, wie das ist.«

»Sind aber nicht alle so abgebrüht wie du«, sagte Latte und nahm sie in den Arm, »und so hart im Nehmen.«

»Hey, was wird'n das?«, sagte Moses und schob Latte von Kim weg.

»Spiel dich nicht so auf, Muskelmann«, sagte Latte, »ich werd schon nix abbeißen.« Aber das hätte er besser nicht gesagt, denn Moses verstand keinen Spaß. Er holte aus und knallte Latte eine mitten ins Gesicht. Der kippte nach hinten über und fiel auf das Grab von Caspar Mühlenbach.

»Mensch«, schrie Kim, »lass Latte in Ruhe. Der ist ein Freund.« Sie keifte Moses an.

»Hör mal, ich seh doch, was der vorhat, bin doch nicht blöde.« Dann packte er Kim am Arm und zog sie mit sich. »Lass uns abhauen. Die sind kein Umgang für meine Braut.«

Kein Umgang für meine Braut. Himmel. Das war der größte

Vollpfosten aller Vollpfosten, die ich bisher kennengelernt hatte. Um ehrlich zu sein, war er sogar ein *noch* größerer Vollpfosten als der Scheißpaul und das sollte was heißen. Wie konnte Kim, die *Erscheinung* Kim, so einen Fehlgriff landen?

»Wo willst du denn hin?«, rief ich ihr hinterher.

»Motorrad fahren«, sagte sie wenig begeistert und rieb sich das Handgelenk. »Kümmer dich bitte um Latte, ja?«

Und dann waren sie tatsächlich weg. Latte stöhnte und drückte sich vom Grabstein ab. Kuddel half ihm, wieder in die Aufrechte zu kommen. Er hatte Nasenbluten und hielt sich eine Hand an die Stirn.

»Was für ein Arsch.«

»Du hast ihn aber auch dämlich provoziert«, sagte Ben und trat aus dem Dunkel. »Das hätte doch 'n Blinder vorausgesagt, dass der zuschlägt.«

»Ach ja? Lieber's Maul halten oder was?«

»Jungs«, mischte ich mich ein, »was ist mit Kim? Die wollte doch gar nicht mit! Was macht der jetzt mit ihr?! Tut doch was!«

»Hör mal, Engelchen«, sagte Kuddel sanft, »Kim ist so was von gewieft. Wenn die will, dann wickelt die den Asi um den Finger. Müsstest du doch längst wissen. Mit Alif hat sie's ja auch so gemacht. Und mit all den anderen.«

»Alif?«

»Na, ihr Ex, der Freund von deinem Ex, oder?«

»Ach so, ja, stimmt.«

Und da holte sie mich wieder ein, Kims Schwindelei. Ich schwieg also besser. Zum Glück fanden die anderen Jenny, und Ben hielt noch eine ergreifende kleine Rede, bei der sie ein paar Tränen vergoss. Auf dem Rückweg erzählte sie mir sogar, wie hart es gewesen war, ohne Vater aufzuwachsen. Ich dachte sofort an Papa und Tokio und legte einen Arm um ihre Schultern. Schließlich nahm sie mich auf ihrem Motorrad mit, musste also auch schon 18 sein. Ich war heilfroh, dass Kuddel Fahrverbot hatte, und genoss die entspannte Tour mit Jenny. Ich fand sie heute viel netter als bei unserer ersten Begegnung. Sie setzte mich eine Straßenecke vor meiner Haustür ab und umarmte mich sogar.

»Du bist okay«, sagte sie.

»Danke.«

»Pass ein bisschen auf, ja?«

»Wie meinst du das?«

»Du hast abgenommen.« Ich freute mich, dass sie das sah. »Du bist nicht die Erste. Kim braucht immer einen Twin, den sie mit in ihren Scheiß ziehen kann.« Sie legte einen Finger an die Lippen. »Von mir hast du das aber nicht, verstanden?«

»Häh …?« Aber Jenny hatte den Helm schon wieder aufgesetzt und startete den Motor. Sie hob die Hand zum Gruß und brauste davon.

Das mit dem Twin kapierte ich nicht. Aber Jenny hatte wohl Anlass genug, Kim eins auszuwischen. Daher nahm ich ihre Warnung nach dem Auftritt von Moses nicht allzu ernst.

21

Am Montag ging ich wieder zum Schwimmen. Kim meinte, dass der Sport super zum Abnehmen und für straffe Haut wäre. Yara umarmte mich stürmisch und freute sich wahnsinnig.

»Du bist zurück«, sagte sie mit einem Seufzer.

»Wo zurück?«

»Im Leben, im *echten* Leben.« Sie nahm meine Hand, wollte mich zu Latifa und Anouk ziehen, unser altes Montags-Schwimm-Quartett. »Die werden ausrasten«, jubelte Yara. Ich hielt dagegen und stoppte ab.

»Hör mal, Yara, ich freu mich natürlich, euch zu sehen, aber ich bin hier zum Trainieren.« Ich zeigte auf meine Speckröllchen. »Ich werde 50 Bahnen schwimmen, das ist der Plan für heute.« Yara kippte fast vornüber vor Schreck.

»Isi, das ist nicht dein Ernst, oder?« Sie zwickte in meinen Bauch, bekam aber keines meiner Röllchen zu fassen, »Da ist nix, gar nix, weniger als nix. Begreifst du das nicht?« Sie hatte schon wieder Tränen in den Augen. Das machte mich fertig. »Willst du nicht mal wieder Spaß haben?«

»Hey, ich habe Spaß, andauernd.« Stimmte natürlich so nicht, aber Yara jetzt drei Stunden zu erklären, worauf es wirklich ankam im Leben, und dass es viel wichtiger war, ein Ziel zu haben, Sicherheit zu gewinnen und Likes zu bekommen, darauf hatte ich schlicht keinen Bock. Sie würde es ohnehin nicht kapieren und nur wieder versuchen, mir ein schlechtes Gewissen zu machen. Yara ging einen Schritt zurück und blickte mich plötzlich ganz seltsam an.

»Isi, du hast dich so verändert. Was ist nur geschehen?« Dass meine Verwandlung auffiel, freute mich, war ja der Sinn der Sache.

»Ich würde sagen, wir haben uns einfach auseinandergelebt«, sagte ich. »Die Dinge ändern sich, erinnerst du dich?«

»Du machst mir Angst, Isabelle, Isi, Easy. Wer bist du?«

»Ich werde endlich die, die ich sein möchte.« Und damit ließ ich sie stehen und sprang ins Becken. Die 50 Bahnen waren ein ganz schöner Schlauch. Aber es tat so gut, meinen Gedankenwust für eine Weile zu ertränken und mich einfach nur leicht zu fühlen. Der Hass auf meine Speckröllchen war vergessen und ich musste niemanden ansehen und mich vor niemandem rechtfertigen. Inzwischen führte ich ein Buch, in das ich alles eintrug, was ich zu mir nahm, mit Angabe der Kalorien. Das hatte Kim mir empfohlen. Sie machte es selbst auch so und nun konnten wir uns darüber austauschen, unsere Werte vergleichen und uns zum Durchhalten ermuntern, wenn der Magen gerade mal wieder Purzelbaum schlug. Das größte Problem blieb meine Mutter. Anstatt mich zu unterstützen, war sie neben meinem Körper mein größter Feind. Immerzu wollte sie mich zum Essen zwingen und rastete jedes Mal aus, wenn ich etwas ablehnte, nicht aufaß oder gar nicht erst die Küche betreten wollte, denn da lauerten überall Versuchungen in Form von fetten Speisen und süßen Getränken. Ich aß nun lieber mit Lilly, die meinen Ernährungsplan weitgehend teilte. Salat machte sie glücklich.

Kim brachte mir bei, wann die besten Zeiten für Selfie-Uploads waren, welche Hashtags die meisten User anzogen und was meine Reichweite noch erhöhte. So gewann ich in kurzer Zeit eine Menge neuer Follower. Jedes neue Like gab mir einen Kick, bewies, dass ich auf dem richtigen Weg war und nicht mehr das schlafende Dornröschen, das auf einen Prinz wartete. Dass dieser Prinz eine Illusion war, hatte ich ja schon durch Matteo erfahren müssen, der mir mit seiner bescheuerten Wette auf Joshs Party die Augen geöffnet hatte. Aber auch Kim, die mit einem Kerl ja nie länger als ein paar Wochen oder Tage zusammen war, warnte mich: »Wenn die Instaboys auf dich stehen, bringt das 'ne nette Portion Bestätigung, aber wenn sie mehr von dir wollen, fängt die ganze Scheiße an und du musst gucken, wie du sie wieder loswirst. Das einzig Sichere ist die Beziehung zu dir selbst. Die bleibt dein ganzes Leben lang.« Ich fand's logisch. An meinen Eltern hatte ich ja gerade erlebt, wohin das führen konnte, wenn man sich langfristig bindet. Trotzdem keimte auch Widerstand in mir auf, denn ich kannte durchaus auch Paare wie Oma und Opa, die immer noch so richtig glücklich zu sein schienen …

»Glaub mir, das geht nie gut«, versicherte mir Kim. »Die tun nur noch so.« Und dann sagte sie etwas, das mich umhaute. »Das mit uns, Easy, das ist was für immer.« Dabei nahm sie mich in den Arm und drückte mich fest. »Wir passen einfach so gut zusammen.« Sie desinfizierte sich nicht einmal die Hände. Und dann gingen wir joggen. Inzwischen schaffte ich es schon zweimal um die Alster. Die anschließenden Wechselduschen kurbelten zusätzlich die Fettverbrennung an und zur Belohnung gönnten wir uns einen kitschigen Hollywoodfilm mit Happy End, der mich wieder ein wenig träumen ließ.

Aber das wollte ich nicht zugeben, nachdem Kim sich darüber lustig gemacht hatte.

»Warum gehen wir eigentlich nie zu dir?«, fragte ich sie, als der Abspann lief. Kim hatte inzwischen ein eigenes Regalbrett in meinem Zimmer, das sie mit Kosmetika, Nylons und einigen *Notfallmedikamenten*, wie Aspirin oder Abführmittel, vollgepackt hatte.

»Hallo? Hast du's vergessen? Ich hab 'nen Asi-Vater. Der ist immer hacke, überall liegt Müll rum und es stinkt wie in 'ner Brauerei. Ich halt es da kaum aus. Nur in meinem Zimmer. Da darf er nicht rein. Letzte Woche hat er's mal wieder versucht. Moses war da, hat ihm ganz schön die Meinung gehustet.« Sie lachte, als wäre das ein guter Witz.

»Und warum darf Moses zu dir?«

»Durfte«, sagte Kim. »Ich hab Schluss gemacht. Na jedenfalls hat Moses auch 'nen Asi-Mitbewohner. Und man kann sich ja nicht nur auf Friedhöfen treffen.« Sie grinste.

»Du hast Schluss gemacht?«

»Jep, gleich nach der Aktion auf dem Friedhof. Will doch nicht mit 'nem Rowdy zusammen sein.«

»Wie hat er reagiert?«

»Betroffen.« Sie lachte und warf die Beine andersherum übereinander. »Ich hab 'ne geile Show abgezogen, geheult wie ein Schlosshündchen und behauptet, dass es mir wahnsinnig leidtäte und ich mich selber dafür hassen würde, weil er so ein cooler Typ sei, aber dass ich mit meinen Gefühlen nicht klarkäme und meine Therapeutin schon überlegen würde, ob ich besser in 'ne Klinik gehe.« Sie lachte Tränen. »Du hättest ihn sehen sollen! Der hat die Beine in die Pranken genommen und ist abgerauscht. 'ne Psychopathin ist nicht grade sexy.«

»Da hast du ihn ja ganz schön verarscht«, stellte ich fest.

»Hey, bleib easy, Easy. Das war sozusagen Notwehr. Der hätte doch Hackfleisch aus mir gemacht, wenn ich ihm einfach gesagt hätte, dass ich keinen Bock mehr auf ihn hab. Ich finde, ich hab das optimal gelöst.« Sie warf zufrieden ihre Haare über die Schulter. Es klopfte.

»Isabelle? Kim? Essen ist fertig«, rief Mama durch die Tür.

»Wir haben keinen Hunger«, sagte ich genervt, denn ich wusste, dass es jetzt wieder losgehen würde. Jeden Tag der gleiche Krampf. Die Tür wurde aufgerissen. Mamas Augen warfen Flammen.

»Jetzt. Wird. Gegessen. Was Kim macht, ist ihre Sache und die ihrer Eltern. Aber du kommst jetzt sofort runter und setzt dich an den Tisch.« Ihre Stimme brach. Sie wandte sich ab und ging hinaus. Die Tür ließ sie offen. Wie ich das hasste! Sie machte nur noch Druck, wollte mich mästen, Kim vergraulen, mir ein schlechtes Gewissen machen.

»Du hast's gut«, sagte ich zu Kim, »dir macht keiner die Hölle heiß.« Aber ich bereute meinen Kommentar sofort. Ein saufender Asi-Vater und eine Mutter, die sich aus dem Staub gemacht hatte, waren wirklich nicht erstrebenswerter. »Sorry, war echt taktlos.«

»Schon gut«, sagte Kim. Es schien ihr mal wieder nichts auszumachen.

»Isabelle!!!« Mama brüllte von unten.

»Oh Mann.« Ich raffte mich auf. »Ich komm gleich wieder«, sagte ich zu Kim und schleppte mich die Treppe runter. Mit jedem Schritt kam ich mir fetter vor. Mama stand in der Küche und drohte mit dem Kochlöffel wie mit einem Schlagstock.

»Es gibt Lasagne.« Das war eine Kriegserklärung. Lasagne war das fetteste Essen, das ich kannte. Es roch köstlich. Mein Magen knurrte Alarm. Auf meinem Teller dampfte drohend eine riesige Portion.

»Das schaff ich niemals.«

»Hinsetzen.« Mama mutierte langsam zum Feldwebel. Ihr Befehlston regte meinen totalen Widerstand.

»Nein«, beharrte ich.

»Doch. Ich werde nicht länger zusehen, wie du verhungerst.«

»Ich will doch nur ein bisschen abnehmen. Da ist ja wohl nichts bei«, schrie ich. Und dann nahm ich den Teller mit der leckeren Lasagne, die ich so gerne gegessen hätte, und kippte sie zurück in die Auflaufform. Mama weinte. Ich hasste sie dafür.

»Lass uns gehen«, sagte Kim. Sie stand plötzlich in der Küchentür. Es war schon fast zehn Uhr abends.

»Du gehst jetzt nirgendwo mehr hin«, befahl Mama. Ich ging einfach aus der Küche, nahm meine Jacke vom Haken und weg waren wir.

»Danke«, sagte ich zu Kim, »du hast mich gerettet.«

»Die Clique trifft sich«, sagte sie, »am Lido. Lucky will was verkünden.«

22

In der S-Bahn wimmerte mein Handy sein überholtes *I'd catch a grenade for ya*. Etwas in mir sträubte sich immer noch dagegen, die Melodie zu ändern. Kim rollte mit den Augen. Es war Papa!

»Isabelle? Wo steckst du?« Er klang aufgeregt.

»Wo steckst *du*?«, fragte ich zurück.

»Deine Mutter ist total aufgelöst. Sie macht sich große Sorgen.« Das wusste ich schon. Dafür brauchte er mich wirklich nicht anzurufen. »Es ist spät. Du hast nichts gegessen. Geh bitte wieder nach Hause, ja?« Es war lachhaft. Papa rief mich von der anderen Seite der Erde an, wo es wahrscheinlich gerade dämmerte, um mich zu *erziehen*, während Lara neben ihm lag und seinen Rücken kraulte.

»Kommst du mich sonst holen?«, sagte ich gereizt. Papa schwieg. Die S-Bahn ratterte. Die Station Othmarschen wurde angekündigt.

»Was habt ihr eigentlich vor?« Papa hatte seine Strategie geändert.

»Wie geht es Lara?« Ich änderte die meine ebenfalls. Papa schwieg wieder.

»Hör mal, Hamsterbacke«, säuselte er. »Ich komme bald zurück, ja? Für eine Weile.« Ich lachte.

»Okay, Papa. Bring mir was Cooles zum Anziehen mit. In XXS. Bis dann.« Ich drückte ihn weg.

»Keine schlechte Idee«, sagte Kim, »ein Yami-Kawaii-Shirt, auf dem *stirb* steht. Das wäre echt cool. Am besten gleich zwei.«

»Klingt aber gruselig.«

»Kann eh keiner lesen. Ist ja auf Japanisch. Wissen nur wir und die japanischen Touristen.« Sie grinste. Die S-Bahn stoppte und wir stiegen aus. An der Elbe knisterte wieder ein Feuer. Lucky und Ben standen davor, Jenny saß auf einem dicken Ast.

»Wo sind die anderen?«, fragte Kim, als wir uns näherten.

»Latte müsste noch kommen und Kuddel war nicht zu erreichen. Clive auch nicht. Der trifft sich, glaub ich, mit Leila, will das wieder geradebiegen.«

»Und Olaf?«

»Der pisst gerade.« Ben öffnete zwei Flaschen Bier und reichte sie uns.

»Also«, sagte Kim zu Lucky, »was is'n so dringend?« Olaf kam aus einem Gebüsch gestolpert und begrüßte uns.

»Hört mal«, sagte Lucky und sah einen nach dem anderen an, »ich hab ein Jobangebot und weiß nicht, ob ich's annehmen soll. Muss mich bis morgen entscheiden.«

»Was ist der Haken?«, fragte Kim.

»Der Job ist cool. Marketing, für eine Brauerei.« Er hob sein Bier in die Höhe. »Aber«, er sah Kim an, »das ist in Köln.« Alle stöhnten auf.

»Vergiss es«, sagte Kim sofort.

»Warum?«, warf ich ein. »Ich kenne Köln. Ist 'ne richtig coole Stadt, immer was los.« Kim durchbohrte mich mit ihrem mörderischen Blick. Das bedeutete höchste Alarmstufe. Aber Lucky strahlte echt lucky. Wo war das Problem?

»Das packt er nicht«, sagte Kim, »ohne uns, ohne alles hier.«

»Oh ja, und Moses, der *Ministrant*, wird ihm sicher auch furchtbar fehlen. Ob die in Köln genauso viel Feingefühl haben?«, zischte Jenny und fixierte Kim aus rabenschwarz geränderten Augen.

»Das ist echt Bullshit, Kim«, grätschte Olaf schnell dazwischen. »Easy hat recht. Für Lucky ist das doch der Jackpot. Von Köln hab ich auch nur Gutes gehört.« Er klopfte Lucky auf die Schulter. »Cool, Mann.«

»Und wer hilft ihm, wenn er abstürzt?« Kim war richtig aufgebracht. »Wo soll er dann hin, hm?« Sie hatte tatsächlich feuchte Augen. Ich starrte sie an. Was war denn jetzt los? Olaf nahm Kim in den Arm.

»Kimi, beruhig dich, wir anderen sind ja noch da. Und wir können ja mal eine Tour machen und Lucky besuchen.« Er strich ihr sanft über den Rücken. Ich konnte sehen, wie ihre Schultern hüpften. Sie … sie weinte. Weil Lucky weggehen wollte? Auch Lucky umarmte sie.

Dass ihre Mutter abgehauen und ihr Vater ein Alki war, schien sie kaltzulassen, aber das mit Lucky haute sie völlig um. Sie löste sich ohne ein Wort aus dem Knäuel unserer Arme und stakste durch den Elbsand davon.

»Hey«, rief Lucky ihr hinterher. »Ich hab ja noch nicht mal zugesagt.« Doch sie lief einfach weiter.

»Sorry«, sagte ich und eilte ihr nach. Kim war schon zwischen den Bäumen verschwunden, als ich sie einholte. »Wart doch mal.« Ich zog sie am Arm. »Sag mal, hast du was mit Lucky?« Nun blieb sie stehen und sah mich an.

»Er gehört zur Clique, okay?« Sie schüttelte meinen Arm ab und lief weiter.

»Na und? Das ist doch kein Bund fürs Leben. Es geht doch hier um Luckys Glück, oder?« Sie blieb wieder stehen.

»Luckys *Glück*?« Sie lachte bitter. »Wie süß. Und für dieses Glück soll er über Leichen gehen?«

»Begehen wir jetzt einen Massensuizid oder was? Nur weil Lucky es wagt, aus der Clique *auszubrechen*?« Ich kam nicht mit.

»Mensch, Easy, du kapierst es einfach nicht, oder?!« Damit hatte Kim vollkommen recht. Sie tat aber auch nichts dazu, mich aus meiner Unwissenheit zu erlösen. Schweigend liefen wir bis zur S-Bahn-Station und fuhren zurück in die City.

Kim kam zwei Tage nicht zur Schule und meldete sich nicht bei mir. Das Programm zog ich trotzdem durch. Alleine fiel es mir aber verdammt schwer. Vor allem in dieser Woche, in der wir gerade die Model-Diät machten: ein Ei zum Frühstück, 175 Gramm Magerquark zum Mittag und 175 Gramm Magerquark zum Abend. Das war's. Echt heftig. Mein Magen knurrte noch lauter und tat schrecklich weh. Die Glücksgefühle der ersten Zeit waren längst einer nagenden Leere gewichen und meine Periode hatte sich auch verabschiedet. »Die nervt doch eh«, hatte Kim die Tatsache knapp kommentiert. In der Schule versuchte ich nur noch so zu tun, als würde ich aufpassen. Ich hatte keine Energie mehr, dem Unterricht zu folgen. Alles, was ich hörte, war das Rascheln von Kofis Chipstüte, das Gluckern von Suris Limo und das Knacken der vielen Brötchenboxen. Es brachte mich um den Verstand. Überall roch es nach Schinken und Schokoaufstrich, sogar in der Turnhalle. Ich schob mir ein zuckerfreies Kaugummi in den Mund und trank tonnenweise Wasser, das in meinem leeren Magen herumschwappte wie in einem viel zu großen Goldfischglas. Als Josh dann genau vor meinen Augen in ein triefendes Mozzarella-Baguette biss, da konnte ich nicht mehr. Auf wackligen Beinen eierte ich nach Hause und legte mich ins Bett. Ich konnte nur noch an Essen denken. Sogar die Glühbirnen an der Decke erinnerten mich an saftige Früchte und ließen mir das Wasser im Mund zusammenlaufen. Aber als ich Kims Hose von der Wand nahm und anprobierte, da konnte ich schon den Reißverschluss zuziehen. Nur der Knopf ließ sich nicht schließen. Ich musste noch ein wenig durchhalten, dann hätte ich es geschafft, dann hätte ich endlich mein Ziel erreicht. Das gab mir wieder Antrieb. Ich ging in die Küche, schnitt ein paar Scheiben Ingwer ab und übergoss sie mit heißem Wasser. Genau in diesem Moment kam Mama nach Hause. Verdammt. Ich hatte vergessen, mir einen Pulli überzuziehen. Und als sie meine nackten Arme und den Ausschnitt sah, da brüllte sie mich an.

»Isabelle, du gehst jetzt sofort mit mir zum Arzt. Keine Widerrede.« Ich war ohnehin zu schwach zum Protestieren und ließ mich von ihr ins Auto schieben. Dr. Helmstedt untersuchte mich von Kopf bis Fuß, horchte mein Herz ab und stellte mich auf eine Waage. Ich ließ alles mit mir geschehen. Mamas Jammern und Heulen hörte ich nur dumpf, wie durch eine dicke Glasscheibe. Ich wollte wieder in mein Bett, so schnell wie möglich. Deshalb sagte ich zu allem *Ja*, ohne auf die Fragen zu achten. Neben dem Arzttisch stand ein großes Glas mit Gummibärchen. Ich fixierte es wie eine Maus die Schlange.

»Du kommst nun jede Woche zum Wiegen zu mir«, sagte Dr. Helmstedt.

»Ja«, sagte ich. Und dann durften wir endlich gehen. Zu Hause legte ich mich sofort ins Bett. Mama brachte mir eine Brühe und flößte mir ein paar Löffel davon ein. Ich hörte, wie es an der Tür klingelte und Mama das Zimmer verließ. Sie sprach sehr laut und knallte anschließend die Tür ins Schloss. *Bing*, machte mein Handy. Eine Nachricht von Kim. Endlich.

Deine Mutter is 'ne Irre. Ich warte draußen.

Und da raffte ich mich auf, wie ferngesteuert. Ich schlich die Treppe hinunter, an Mama vorbei, die in der Küche telefonierte, und raus auf die Straße.

»Jetzt spinnt sie ja komplett.« Kim saß auf dem Bordstein, ihre hohen Stiefel aufgestellt, und zuppelte an einem sehr kurzen Rock herum, den sie mir zuvor auf *@beauty_is_the_goal* gezeigt hatte.

»Wo warst du denn die letzten Tage?« Wir huschten schnell um die Straßenecke, bevor Mama meine Abwesenheit bemerkte.

»Hatte zu tun.« Mehr kam mal wieder nicht. Ich fragte auch nicht nach, kannte das ja schon.

»Und jetzt?«

»Du bist so weit«, sagte sie feierlich. »Ich hab Zac in deinem Namen geschrieben, dass du ihn jetzt treffen willst, und deinen *privaten* Kontakt drangehängt. Hat er sich schon gemeldet?«

»Du hast *was*? Bist du verrückt?« Ich starrte auf mein Handy. Und da war tatsächlich eine Nachricht.

Scheiße, das mit deinen Alten. Dann treffen wir uns woanders.

»Schlag ihm den Lido vor. Die Stelle ist voll romantisch.« Kim war wieder ganz die Alte.

»Was hast du ihm denn erzählt von meinen *Alten*? Was meint er mit *woanders*?« Kim lachte.

»Ich hab ihm geschrieben, dass deine Eltern bei einem Autounfall ums Leben gekommen sind und du in 'ner Jugend-WG wohnst. Die Typen stehen auf so was, dann können die den großen Macker raushängen.« Ich kippte fast aus den Latschen.

»Spinnst du jetzt komplett? Meine Eltern tot? Hast du sie nicht alle?« Ich zerrte an ihrem Arm, aber sie riss sich los und spielte die Beleidigte.

»Hey, ich will dir nur helfen.«

»Oh Mann, Kim, schöne Hilfe, echt. Ich dachte, du kannst Lügen nicht ausstehen. Bei Moses konnte ich es ja noch verstehen, Notwehr und so, aber bei Zac? Wie soll denn da was draus werden, wenn das Ganze schon mit so 'ner fetten Lüge anfängt?«

»Du wirst mir noch danken«, sagte sie. Aber das war definitiv nicht der Fall. Und Kim hatte natürlich wieder vorgesorgt. Feierlich und mit »Tadaaa« zog sie eine irre schöne Bluse aus der Tasche und gab sie mir.

»Chanel«, sagte sie. »Kannst du zum Date anziehen.« Ehrfürchtig nahm ich die Bluse und betrachtete sie.

»Die ist wunderschön«, sagte ich besänftigt. »Wo hast du die her?«

»Hab ich dir gekauft.«

»Echt? Extra für mich?«

»Jep.« Und das rührte mich wahnsinnig.

»Danke.« Ich umarmte sie. »Chanel ist der Hammer.«

»Allerdings.« Sie grinste. »Kennste das Sprichwort?«

»Welches?«

»Trägt die Sau was von Chanel, rennt der Eber doppelt schnell.« Sie lachte.

»Das ist ein Sprichwort?«

»Whatever. Es stimmt jedenfalls.«

Und dann schrieb ich Zac also tatsächlich, dass ich ihn an der Elbe treffen wollte. Ich hirnamputierte, ferngesteuerte Pute. Einem wildfremden Testosteron-Junkie. Wie bescheuert war das denn?

23

Am nächsten Tag schwänzte ich die Schule, wollte noch trainieren, bevor ich Zac traf. Als ich zur Alster joggte, rief plötzlich jemand nach mir. Es war Yara.

»Warum bist du nicht in der Schule?«

»Dasselbe könnte ich dich fragen.«

»Ich war grad beim Arzt, hab 'ne Mandelentzündung.« Sie sah tatsächlich furchtbar blass aus.

»Oh, doof. Ich brauch Bewegung. In der Schule dreh ich durch. Die ewige Rumsitzerei.« Sie sah mich nachdenklich an.

»Na dann«, sagte sie bloß und lief weiter. Ich spürte aber, dass sie mir nachsah, während ich wieder an Tempo gewann. Keine zehn Minuten später rief Mama an. Ich ging nicht ran. *Bing*, eine Nachricht.

Wo steckst du? In der Schule bist du nicht?

Hab Wichtigeres zu tun, antwortete ich. Hatte Yara mich etwa verpetzt? Es schien schon eine Ewigkeit her, dass wir beste Freundinnen waren. Eine gute Zeit war das gewesen. Aber auch eine naive. Märchenprinzen! Pah! Lippenstift *heimlich* auftragen! Himmel! Morgen würde ich Zac treffen. Und damit ging etwas Neues los, etwas viel Besseres. *Bing.* Wieder eine Nachricht. *Wir treffen uns auf der Freihafenbrücke, halb acht. Zieh die Bluse an.* Typisch Kim. Kein Wort darüber, worum es ging. Auf meine Frage reagierte sie einfach nicht, schickte nur ein Emoji: zwei Mädchen, verbunden durch ein Herz. Und damit hatte sie mich schon wieder eingefangen. Aber was zum Henker wollte sie auf der Freihafenbrücke? Da war so gar nichts los, außer Verkehr, Industrie und der ollen Elbe. Oder traf sich die Clique dort, weil Caspar Mühlenbach sich von dieser Brücke in den Orkus gestürzt hatte? War sie hier mit ihrer Mutter zum Möwenfüttern gewesen, bevor diese sich aus dem Staub gemacht hatte? Oder arbeitete ihr neuer Macker dort gerade als Gleisbauer? Kurz, ich fuhr natürlich hin, hing, wie immer, an ihrer Nadel. Es war eine trostlose Kulisse. Eine endlos scheinende graue Brücke, düstere Gleise, Verkehrslärm und die graubraune Elbe wie eine tosende *road to nowhere.* Der perfekte Ort für ein Verbrechen, dachte ich unweigerlich und zog meine Jacke über den tiefen Ausschnitt der Bluse. Nur am Horizont glitzerte die Stadtsilhouette verheißungsvoll.

»Easy, hier bin ich«, rief Kim von irgendwo. Ich drehte mich in alle Richtungen um, konnte sie aber nicht entdecken. »Hier drüben«, brüllte sie. In dem Moment ratterte ein Güterzug über die Brücke, brachte einen fauligen Geruch nach totem Fisch mit sich. Ich wartete, bis er verschwunden war. Da sah ich Kim. Himmel! Sie stand auf der anderen Seite der Gleise am Brückengeländer. Es gab dort keinen normalen Fußweg, nur so eine schmale Gehrinne für Gleisarbeiter, und auch keine Möglichkeit dorthin zu gelangen.

»Was machst du da?«, brüllte ich. Sie lächelte, als lehne sie gerade an der Brüstung einer Strandpromenade in St. Tropez.

»Ich suche die perfekte Stelle.« Sie zeigte hinter sich, wo weit in der Ferne die Elbphilharmonie zu sehen war, die im Licht der Abendsonne strahlte.

»Perfekt für was?«

»Für unser ultimatives Best-friends-forever-Selfie, ist doch klar.«

»Was? Bist du verrückt? Hier?«

»Jep. Du wirst sehen, das bringt Likes ohne Ende.« Sie sah in einen Schminkspiegel und puderte sich die Nase. Zwischen uns raste ein ICE hindurch und wehte mich fast um. Als er verschwunden war, blickte ich zu Kim und hoffte, dass ihr nichts passiert war. Sie stand zwar ein paar Meter versetzt, aber völlig ungerührt am Geländer, den Schminkspiegel immer noch fest in der Hand, und lächelte zu mir herüber. »Wow, cool«, sagte sie. Dann holte sie eine Bürste aus ihrem Täschchen und brachte ihre Haare in Ordnung. »Los, komm schon.«

»Wohin? Zu dir? Bist du lebensmüde? Hast du den ICE gerade gesehen?« Ich schrie hysterisch herum, während Kim ausdruckslos auf ihr Handy blickte.

»Der nächste kommt erst in zehn Minuten.«

»Und außerplanmäßig?«

»Nix außerplanmäßig. Ist alles hier drin.« Sie hielt das Handy hoch.

»Du meinst das echt ernst, oder? Warum machen wir das Foto nicht einfach von hier aus?«

»Easy, bist du nun easy oder was? Das Selfie soll das coolste ever werden, klar?«

»Das wird ein Killfie, aber hundertpro.« Ich zeigte ihr den Vogel. Dieses Mal würde ich passen. Es war einfach zu bescheuert. Für ein Selfie sein Leben zu riskieren gehörte in die Kategorie *hirnamputiert.* Und genau das würden wir nach der Aktion auch sein. Kim setzte sofort auf ein anderes Pferd. Ihre Stimme wurde butterzart.

»Hör mal, Easy, ich hab mir das für uns ausgedacht, weil du mir so viel bedeutest. Die Schienen stehen doch für unsere Freundschaft. Sie verlaufen untrennbar parallel zueinander, forever, verstehst du?« Sie hielt ihren hübschen Kopf schief und formte mit den Händen ein Herz, durch das sie mich ansah. »Und der Like-Himmel steht uns offen. Die Welt sieht uns. Uns beide!« Ihr Blick hatte plötzlich etwas Besessenes. »Dafür posten wir das doch auch alles, Easy, um wahrgenommen zu werden in dieser Welt. Sonst ist das ganze Stylen und Hungern doch für'n Arsch.« Sie zog ihre Jacke aus. »Schau her!« Zum Vorschein kam genau die gleiche Bluse, wie ich sie trug, nur ein bisschen weiter ausgeschnitten. Und darunter ein Hauch von Nichts. »Viel Haut, viele Likes.« Kims BH war deutlich zu erkennen und die Enden der Bluse waren so geknotet, dass der Bauchnabel frei lag, mit einem glitzernden Piercing als Blickfang. Die Hüftknochen buckelten hervor wie kleine Höcker und der Rand der Jeans stand ein Stück vom Bauch ab, der sich nach innen wölbte. Ich erschrak, war aber gleichzeitig fasziniert von ihrem Anblick. »Dann tu es für mich, ja?«, flehte sie und machte einen Kussmund. Wie hypnotisiert zog ich ebenfalls meine Jacke aus. »Du siehst echt geil aus«, flötete Kim. »Das Pic wird so der Hammer.« Sie sah wieder auf ihr Handy. »Okay, noch acht Minuten. Das reicht dicke.«

»Bist du ganz sicher?« Sie nickte eifrig. Und als hätte sie mir gerade 'ne Droge eingeflößt, die mich willenlos machte, stieg ich über das Geländer ins Gleisbett. Kim kam mir entgegen, jauchzend vor Glück. Ihr Blick erinnerte mich an etwas, ich kam nur nicht darauf, was es war.

»Los, stell dich da hin, auf die Schiene.« Sie gab mir die

Hand. Neben uns hupten Autos und jemand brüllte etwas aus einem vorbeifahrenden Cabrio. Ich wankte auf die Schiene, Kim stellte sich daneben. Sie hatte einen extra langen Selfiestick dabei und hob ihn vor uns in die Höhe. »Wir machen Duckface und geben uns die Hände. Los!« Ich gehorchte, spitzte meine Lippen, hörte die Hupen, sah Lichter aufblitzen, dachte an den Orkus, in den ich Caspar Mühlenbach hatte springen sehen. Mir wurde schwindelig. Und plötzlich durchzuckte mich ein Blitz der Erkenntnis. Er schien direkt aus dem Himmel zu kommen, als hätte der alte Herr da oben oder die Herrin, wer weiß, mir eine persönliche Nachricht zukommen lassen. Ohne zu zögern, riss ich an Kims Hand und zog sie ruckartig von den Schienen, unter dem Geländer hindurch auf den schmalen Fußweg. Kim schrie wie eine tollwütige Furie, aber ich ließ ihre Hand nicht los, hatte für ein paar Sekunden die Kraft eines Elefanten, weiß der Himmel woher. In diesem Moment zischte der ICE an uns vorbei. Wir hatten ihn nicht kommen hören. Wie eine Riesenschlange war er lautlos auf uns zugeglitten, in rasender Fahrt. Acht Minuten waren noch längst nicht vergangen. Kim hatte sich geirrt. Wer weiß, ob sie überhaupt nachgesehen hatte. Vielleicht war es gerade dieser Kick der Todesgefahr, den sie genoss. Und da fiel mir schlagartig wieder ein, wann ich diesen glücklichen und irren Blick bei ihr schon einmal gesehen hatte, nämlich während unseres Motorradrennens durch das nächtliche Hamburg, das wir ebenfalls nur knapp überlebt hatten. Eine Minute lang lagen wir erstarrt in der schmalen Gehrinne. Die Elbe rauschte, ein paar Möwen kreischten, die Autos fuhren vorbei. Wir lebten. Kim setzte sich auf, sah an sich herunter und fluchte.

»Verdammt, du hast meine Bluse zerrissen.« Sie funkelte mich böse an und stand auf. »Nach dem Date mit Zac gibst du mir deine.« Sie klopfte ihre Jeans ab. Ich lag immer noch zitternd auf dem Boden. Kim sah auf ihr Handy und lächelte zufrieden. »Wenigstens ist das Pic was geworden.« Sie blickte mich an, als ob nichts passiert wäre. »Komm, steh auf. Lass uns verschwinden.«

»Kim, verdammt, ich habe dir gerade das Leben gerettet«, schrie ich.

»Und? Soll ich jetzt auf den Knien vor dir rumrutschen? Ich war eh fertig, hatte alles im Griff. Wäre also auch ohne Zerreißen meiner Bluse gut gegangen.« Sie desinfizierte sich die Hände.

»Ach ja?« Ich schlug ihr das Fläschchen aus der Hand. Es segelte über das Brückengeländer und verschwand im tosenden Nirwana. »Das sah aber ganz anders aus. Ich war so eine verdammte Idiotin, dass ich mich überhaupt darauf eingelassen habe. Du spinnst, echt.« Kim rieb seelenruhig ihre Hände aneinander. Dann ging sie einfach los, den schmalen Weg entlang, ohne sich umzudrehen. »Ach, jetzt hauste einfach ab. Schöne Scheiße«, brüllte ich ihr nach. Ich stand auf, schnappte unsere Jacken, die noch im Dreck lagen, und lief ihr hinterher. Als ich sie eingeholt hatte, zerrte ich an ihrem Arm. »Kim, jetzt bleib doch mal stehen.« Mit lautem Getöse raste der nächste Zug an uns vorbei. Der Wind drückte uns ans Geländer und wir klammerten uns daran fest, bis es vorbei war. »Kann es sein, dass es dir Spaß macht, dein Leben zu riskieren?«, fragte ich.

»Easy, Easy«, sagte sie, »deine Hirnblähungen möchte ich mal haben. Bald dichtest du mir noch 'nen Suizidversuch an.

Schau mal.« Kim hielt mir ihr Handy vors Gesicht. Sie hatte das Foto von uns schon gepostet. Es sah genial aus, aber um nichts in der Welt würde ich diesen Irrsinn wiederholen. »Schon 120 Likes, in nicht mal fünf Minuten.« Sie triumphierte. »Verstehst du, was ich meine?«

»Nein«, sagte ich matt, »wir könnten tot sein.«

»Dann wäre es unser letztes Pic gewesen. Und es wäre hundertpro durch die Medien gegangen.« Sie grinste. Ich konnte es nicht fassen und holte tief Luft, um Dampf abzulassen. Da lachte Kim aus vollem Hals. »Das war 'n Witz, Easy, 'n Witz.«

Wir waren endlich am Ende dieser grässlichen Brücke angelangt. In der Ferne waren Polizeisirenen zu hören. Kim hakte sich bei mir unter. »Lass uns Enten füttern«, sagte sie. Und damit war das Thema für sie abgehakt.

In der Nacht hatte ich einen Albtraum. Ich spazierte über Gleise, die bis nach Tokio führten, und plötzlich kam ein Zug aus einer Nebelwand auf mich zugerast. Kurz bevor er mich überfuhr, sah ich, dass Kim ihn steuerte, lachend und mit perfekt wehenden Haaren, wie in einem Bollywoodfilm. Und dann wachte ich auf. Mein Laken war nass. Ich hatte doch tatsächlich ins Bett gepinkelt wie ein Kleinkind.

24

Am nächsten Tag musste ich wieder in die Schule, was mein Training zurückwarf. Mama hatte angedroht, sonst die Polizei zu holen. So weit waren wir also schon. Meine eigene Mutter wollte die Polizei auf mich hetzen, nur weil ich mich lieber um meinen Körper kümmern wollte, als mir Krätzers Gelaber über Wilhelm Tell anzuhören. Um sie zu bestrafen, zog ich mir ein ärmelloses, hautenges Kleid an, denn ich wusste ja, dass sie mit meiner Figur nicht klarkam. Bingo. Sie verstummte schlagartig, als sie mich sah. Konnte sie nicht einfach kapieren, dass ich mich so wohler fühlte? In der Schule bereute ich die Kleiderwahl allerdings, denn meine alte Clique reagierte ähnlich wie meine Mutter. Hatten sich alle gegen mich verschworen?

»Früher hast du deine Knochen noch nicht jedem gezeigt«, sagte Lenny und warf Matteo einen vielsagenden Blick zu. Der boxte ihn in die Seite und baute sich neben mir auf wie mein Bodyguard. In seinen Augen funkelte etwas Verbissenes, Angriffslustiges, aber auch etwas Verletzliches, und er wandte sich schnell wieder ab. Yara hatte sofort Tränen in den Augen, als sie mich sah, und auch Anouk starrte mich mit offenem Mund an. Ich hatte es satt.

»Hey, Leute«, sagte ich, »ich hab alles im Griff und fühle mich großartig. Klar? Ihr könnt nun wieder eure Reclamhefte aufschlagen und euch über die Hausaufgaben austauschen.

Mannomann.« Doch Yara ließ sich nicht beirren. Sie setzte sich vor mir auf die Tischkante und sah mich an wie meine Mutter, wenn sie mir eine Standpauke halten wollte. Sie zückte ihr Handy wie einen Colt und hielt es mir vor die Nase. Das Selfie von Kim und mir auf der Brücke.

»Is' cool geworden, oder?«, sagte ich vorsichtig. »Ui, schon fast 1000 Likes.« Meine Erinnerungen an den Moment auf der Brücke waren allerdings alles andere als *cool.*

»Isi«, drängte Yara, »du musst damit aufhören.« Ihre Lippen zitterten. »Ihr bringt euch noch um, verdammt. Dieser Like-Scheiß ist doch für 'n Arsch. Soll das auf deinem Grabstein stehen, ja? *Sie hatte 1000 Likes.* Und dann siehst du da oben aus deinem Himmel, wie alle bewundernd ihren Hut ziehen? Werden sie aber nicht tun. Sie werden die Köpfe schütteln und sich fragen, wie es überhaupt so weit kommen konnte, wie ein tolles Mädel wie du so endbescheuert sein konnte.« Yara scrollte die Kommentarliste herunter und zeigte mir, was sie gepostet hatte. »Dislike.« Sie blickte mich traurig an. Ich wollte gerade etwas erwidern, da kam zum Glück Kim herein, gleich gefolgt vom Krätzer, der immerzu auf ihre Beine starrte. Sie hatte aber auch irre High Heels an. Ich konnte mir ein Grinsen nicht verkneifen. So hohe Glitzerdinger hatte ich noch nie gesehen. Dazu superkurze Hotpants, aus denen der halbe Po herausstand, und eine Bluse mit Fellbesatz auf den Schultern. Sie stolzierte durch den Mittelgang wie über einen Laufsteg und jeder konnte sehen, dass sie genau wusste und es genoss, dass der Krätzer sie anstarrte wie eine Außerirdische. Er vergaß sogar, uns zu begrüßen.

»Morgen andere Schuhe!«, polterte er los. Er hatte nicht mal ein Verb eingebaut. Wahnsinn.

»In flachen Schuhen kann ich mich nicht konzentrieren.« Krawusch! Kim konterte mit einem filigranen vergifteten Pfeilchen. Krätzer lief rot an.

»Schwachsinn.« Er kochte richtig.

»Das sagt aber Victoria Beckham.« Kim lächelte süß.

»Wer?«

»Ist 'ne Art Psychologin«, antwortet Kim mit Augenaufschlag und völlig ruhig. »Für mich jedenfalls«, flüsterte sie mir zu. Krätzer kam aus der Nummer nicht raus und rief Yara auf.

»So, Hausaufgabe, Tell in einem Pitch, Kurzzusammenfassung. Yara!« Das war eindeutig Krätzers Rekord an verbfreien Satzfragmenten. »Von hier.« Er zeigte auf die Stelle, an der er stand.

»Und was ist mit dir los, Lenny? Hast du Schmerzen?«

»Nein, ich versuche gerade, meinen Beißreflex unter Kontrolle zu bringen.« Lenny blickte zu Kim und biss dabei in die Luft. »Das Tier auf ihren Schultern hat's auf mich abgesehen.« Kim legte seelenruhig eines ihrer langen Beine über das andere und blickte gelangweilt zum Krätzer.

»Offensichtlich beeinträchtigt deine Garderobe auch deine Mitschüler in ihrer Konzentration. Ich hoffe doch sehr, die Warnung ist diesmal angekommen.« Krätzer schrieb etwas ins Klassenbuch. »Yara, bitte, fang an.« Und während Yara nach vorne ging, wechselte er nach hinten und setzte sich auf ihren Platz.

»Also«, begann Yara, »aus einem Konflikt der Schichten«, sie zeigte abwechselnd zu mir und zu Kim, »geht Tell als Sieger hervor.« Sie deutete auf mich. »Der Hut des Adelsfürsten«, Blick zu Kim, »soll angebetet werden, wird aber am

Ende eliminiert und das Schweizer Volk in die Freiheit entlassen.« Blick zu mir. Lächeln. Ende.

Kim tat so, als würde sie vom Nagel ihres rechten Mittelfingers etwas abwischen, aber es war eindeutig, dass sie Yara eigentlich den Stinkefinger zeigte.

»Gut, gut«, sagte Krätzer besänftigt, wirkte aber abwesend. Den Rest der Stunde ignorierte er Kim völlig, was auf Gegenseitigkeit beruhte. Kim hatte ihr Schminktäschchen herausgeholt und beschäftigte sich ausgiebig mit ihren Wimpern und Brauen. Erst als Krätzer in die Zielgerade einschwenkte, nahm er Kim noch einmal ins Visier.

»KimKomm«, sagte er laut. Und da zuckte Kim zusammen und glitt mit ihrem Eyeliner ab, der ein Häkchen ans Ende ihres Lids zeichnete. Für einen kleinen Moment wirkte sie wie ein verschrecktes Kätzchen, das mit riesigen runden Augen in die viel zu große Welt blickte. Aber schon hatte sie sich wieder gefangen.

»*Sie* im Netz?«, schoss sie zurück.

»Die weite Welt des Internets verschließt sich auch vor mir nicht, mein Fräulein.« Krätzer taxierte sie siegessicher aus seinen kleinen Schweinsäuglein. »Und es gibt dort grausame Abgründe zu entdecken und fragwürdige Errungenschaften zu bestaunen.« Stille. Ganze 10 Sekunden totale Stille. Dann lächelte Kim.

»Wie heißen *Sie* denn auf Tinder? Und wie viele Matches haben Sie so am Tag?« Krätzers Rübe wurde knallrot, in Nullkommanix.

»Das wird ein Nachspiel haben, Fräuleinchen«, fauchte er. »Ich werde dafür sorgen, dass Ihre Immunität«, er dehnte das Wort unnatürlich in die Länge, »aufgehoben wird. Darauf können Sie sich verlassen.« Das war immer so bei Krätzer. Wenn er sich besonders aufregte, begann er zu siezen. Alle starrten Kim an, die schon wieder in ihren Spiegel sah und den Lidstrich korrigierte.

»*KimKomm*? Dein Ernst?«, flüsterte ich ihr zu, denn im Raum herrschte immer noch Totenstille.

»Nein, mein Tinder-Account«, sagte Kim, ohne ihren Blick vom Spiegel zu wenden.

»Und was ist mit *KimGalaxy*?«

»Das ist der Insta-Account, für Fashion und so.« Endlich legte sie den Spiegel weg und sah mich an. »*KimKomm* ist nur für Boys.«

»Für Boys? Was heißt das denn?«

»Ach, Easy, ist doch wohl klar, Boys eben, Jungs, Knechte, Hengste, Kerle, Schwanzträger.« Sie grinste. Ich sah sie blöde an. Sie legte den Kopf in den Nacken und lachte. Alle drehten sich zu ihr um, aber Krätzer tat so, als hätte er nichts gehört, und fuhr mit dem Unterricht fort.

»Lernst du so deine Freunde kennen?«

»Mensch, Easy, bist du tatsächlich so naiv? Klar lern ich die da kennen.« Dann kam sie ganz nah an mein Ohr und flüsterte. »Und du Zac.«

In meinen Ohren klingelte es. Zac hatte mich gar nicht auf Instagram gesehen, sondern auf Kims Dating-App? Mir wurde flau.

»Bist du verrückt? Dann will er doch nur …«

»Ach was, mach dir nicht in die Chanel-Bluse. Da melden sich doch keine Verbrecher. Zac ist voll okay. Ich check die Kerle doch vorher ab. Der hat ’ne weiße Weste, garantiert. Hab ihn auf Facebook aufgespürt. Da postet er Comedy-Videos für gerade mal 200 Freunde und Fotos von seinen Wasserballpokalen. Niedlich.« Ich sah sie zweifelnd an. »Easy, vertrau mir. Der ist supercool und echt an dir interessiert. Jetzt mach bloß keinen Rückzieher.« Der letzte Satz hörte sich an wie eine Drohung. Ich wusste nicht mehr, woran ich glauben sollte und mit wem ich es hier eigentlich zu tun hatte. Was an Kim war eigentlich echt? Und was fake? Spielte sie vielleicht gerade die Show ihres Lebens? Ich begann zu zittern, unkontrolliert und für alle sichtbar. Mir war eiskalt, obwohl wir einen heißen Tag hatten. Mein Gesicht fühlte sich an wie mit einem Fell überzogen. Die Kopfhaut begann zu kribbeln und der Magen knurrte in Dauerschleife sein SOS-Signal. Zu allem Überfluss wurde mir schwindelig.

»Komm«, sagte Kim, zog mich hoch, hakte sich bei mir unter und bugsierte mich nach draußen. »Wir hauen ab. Ist doch alles Bullshit hier.« Ich konnte nichts sagen und mich auch nicht wehren. Wie an dem Tag, als Mama mich zum Arzt geschleift hatte, fühlte ich mich wie betäubt, als hätte mir jemand K.o.-Tropfen ins Wasser gemixt. Wurde ich gerade entführt?

Doch Kim brachte mich zu mir nach Hause, zog mich aufs Bett, deckte mich zu und brachte mir einen Ingwertee. »Hey«, sagte sie sanft, »du musst wieder fit werden. Heute ist doch dein großer Tag.« Ich hörte alles gedämpft wie durch einen Vorhang. Und dann kam Mama. Jetzt schon? Sie hatte doch eigentlich noch Unterricht. Das würde Ärger geben. Sie trampelte die Treppe hoch wie ein Elefant auf Ecstasy und riss die Tür auf. Erst sah sie mich an, dann Kim. Sie stampfte auf Kim zu, zerrte sie am Arm hinaus, bis auf die Straße, schloss die Haustür von innen ab und kam wieder in mein Zimmer. Ich dachte noch, jetzt würde es einen Riesenkrach geben, aber sie warf sich auf meine Bettdecke und heulte, minutenlang. Es war schrecklich. Dabei war ich doch eigentlich diejenige, die heulen müsste, oder? Ich fühlte mich beschissen wie noch nie, sollte heute einen Typen an der Elbe treffen, von dem ich nicht mehr wusste als seinen Vornamen, und gerade war meine aktuell beste Freundin von mir gerissen worden, von der ich nicht mal ahnte, wer sie wirklich war. Dazu der Scheißpaul, Papa mit Scheißlara in Scheißtokio und dieser Wahnsinnsschmerz in meinem Bauch. Wie hielt Kim das eigentlich aus? Sie aß doch auch nicht mehr als ich. Oder erzählte sie mir mal wieder nur die Hälfte?

Mama stand von meinem Bett auf und kam kurze Zeit später mit einer fetten Hühnerbrühe wieder. Sie sah mich aus geröteten Augen an und sagte kein Wort. Aber zum ersten Mal seit vielen Wochen berührte mich ihr Blick tief in meinem Inneren, weit draußen auf meiner Insel, und ich konnte mich endlich ausruhen und ein wenig geborgen fühlen. Ich öffnete meinen Mund und ließ geschehen, dass die wohlig warme Suppe durch meinen Hals rann und in meinen leeren Magen gluckerte. Mir wurde übel, aber auch wärmer und ich kuschelte mich an meine Mama, die wieder zu schluchzen anfing. Die Übelkeit unterdrückte ich, so gut es ging. Ich tankte *Mamagie*. So hatte ich das als kleines Kind immer genannt, wenn wir uns fest umarmten und ich ihre Liebe spüren konnte. *I'd catch a grenade for ya*, flehte es da plötzlich aus meinem Handy und aus dem Augenwinkel sah ich, dass es Kim war, die anrief. Ich ging nicht ran. Sofort folgte eine Nachricht. Sie leuchtete kurz auf und ich konnte den Text gerade so lesen, ohne mich aus den Mamaarmen zu lösen. *Um 21h an der*

Sternschanze. Ich begleite dich. Mein Magen machte einen Aufstand. Ich zog meinen Papierkorb heran und beugte mich darüber. Aber der Brechreiz ebbte sofort wieder ab. Mama strich mir die Haare aus dem Gesicht.

»Meine Kleine«, sagte sie, »mein geliebtes Herzenskind.« Sie lächelte mich an. »Wir schaffen das.« Sie küsste mich auf die Wange.

»Was?« Schon regte sich wieder leiser Widerstand in mir. »Was schaffen wir?« Sie merkte es sofort und schwieg. Aber ich hatte es doch verstanden. Sie wollte mir wieder unterstellen, dass ich krank sei, zu dünn. Dabei hatte ich immer noch einen Schwabbelbauch und Schwabbelarme. Konnte sie mich nicht einfach unterstützen und mir Mut machen? Ich raffte mich hoch und riss Kims Jeans von der Wand.

»Isabelle, nein!« Mama sprang auf. »Du musst dich ausruhen.« Aber ich beachtete sie nicht, zog die Hose an, schloss den Reißverschluss und versuchte den Knopf zu schließen. Verdammt. Es ging immer noch nicht.

»Nur wegen dieser verfluchten Suppe«, brüllte ich Mama an, auch wenn es mir gleichzeitig leidtat. Sie wusste ja nicht, dass heute der Stichtag war und ich mein Ziel nur um Haaresbreite verfehlt hatte. Ich war unfasslich enttäuscht von mir. Warum hatte ich mich nur dazu hinreißen lassen, dieses fette Zeug zu trinken? Mama starrte mich die ganze Zeit entsetzt an. Sie kapierte gar nichts. Ich verschwand im Bad, schloss die Tür ab, setzte mich auf den Klodeckel und heulte. Warum war plötzlich alles so furchtbar kompliziert und trostlos geworden? Heute war doch mein großer Tag! Ich würde Zac treffen. Ich würde endlich beweisen, dass auch *ich* die Dinge verändern konnte. Und Kim würde mich begleiten.

Langsam öffnete ich den Klodeckel, steckte mir einen Finger in den Hals und entledigte mich der Suppe und all meiner Zweifel. Es war eklig, aber die einzige Möglichkeit. Ich hatte nur noch ein paar Stunden Zeit. Vielleicht sollte ich solange auch nichts mehr trinken, damit mein Bauch sich nicht weiter wölbte. Aber der Fake-Easy auf Instagram würde ich auch in einem Jahr nicht entsprechen. Da müsste ich mir schon ein paar Knochen herausoperieren lassen, so dünn hatte Kim mich gemacht. Als ich in mein Zimmer kam, wartete Mama mit einer gepackten Reisetasche auf mich. Ihr Blick war hart wie Beton.

»Wir fahren jetzt in die Klinik«, sagte sie.

»Was für eine Klinik?«

»Du stirbst mir sonst weg.« Der Beton war grau und feucht.

»Hast du sie nicht mehr alle?« Ich wollte ihr die Tasche wegnehmen, aber sie riss daran, bis ich losließ. Meine Kraft reichte nicht aus.

»Und dein Papa kommt dich morgen besuchen. Er sitzt gerade im Flieger.«

»Schön, dass ihr euch so gut versteht«, sagte ich bitter, während ich ihrem Blick auswich. Die Jeans von Kim hatte ich noch an. Der Knopf ging zu, wenn ich die Luft anhielt. Meine Schminksachen waren in meiner Tasche, die griffbereit neben mir lag. Die Chanel-Bluse hing hinter mir im Schrank.

»Okay«, sagte ich extra sanft. »Ich brauch zwei Minuten.« Mama sah mich zweifelnd an, ging aber mit meiner Reisetasche aus dem Zimmer.

»Ich warte unten«, sagte sie. Kaum war sie draußen, zog ich mir blitzschnell die Bluse an, schnappte meine Tasche mit dem Schminkzeug, eine dünne Jacke und kletterte aus der

Dachluke. Es kostete mich alle Kraft, aber ich schaffte es auf die Straße und beeilte mich, um die nächste Ecke zu kommen. Geschafft! Nun war ich also auf der Flucht. Wie eine Schwerverbrecherin. Echt irre. Aber wo sollte ich hin? Zu Kim konnte ich nicht. Yara nervte. Und Anouk wohnte zu weit weg.

25

»Hey, welch Überraschung.« Matteo stand an der Tür und lächelte sein süßes Matteolächeln. »Ist was passiert? Also, außer dass du mich nicht mal mehr mit dem Hintern ansiehst, genau wie den Rest der Clique?« Er trat zur Seite und ließ mich ins Haus.

»Sozusagen. Mama ist hinter mir her.« Den zweiten Teil seiner Frage überhörte ich einfach.

»Das ist ja mal was anderes. Dann sollten wir wohl die Polizei verständigen.«

»Du Depp«, sagte ich lachend und gab ihm einen Klaps. Seine Kleeblattaugen waren wirklich der Wahnsinn. »Ich bin doch die Verbrecherin … und auf der Flucht.«

Ich ließ mich auf das knautschige Sofa in seinem Zimmer fallen.

»Bankraub? Oder hast du wieder ein Herz gestohlen?«

»Nennen wir es *Flucht aus der Mästanlage.*«

»Oha«, sagte Matteo, ließ sich neben mich fallen und hielt mir einen ranzigen Teller mit verklebten Nudelresten hin. »Willst du vielleicht was essen?«

»Sehr witzig.« Langsam beruhigte sich mein Puls und mir wurde wieder wärmer. Das pelzige Gefühl auf der Haut aber blieb. »Hör mal, kann ich mich hier ein paar Stunden verstecken?«

»Aber sicher, Dornröschen, so lange du willst.« Er nahm

meine Hand, die eiskalt war. »Oh. Und du brauchst unbedingt Gurli.«

»Gurli? Wer ist das?«

»Meine Ikea-Decke.« Matteo lachte.

»Und einen Tee, bitte.«

Als er mir beides gebracht hatte und mir wohlig warm wurde, öffnete er einen Ordner auf seinem Handy. Und da war das Foto von Kim und mir, auf dem ich mich kaum erkannte, so sehr hatte sie es bearbeitet, das Foto, auf das Zac so abgefahren war.

»Wie fühlt sich dieses Mädchen?«, fragte Matteo und zeigte auf das gefakte Foto von mir.

»Es geht ihr gut«, sagte ich, konnte ihn aber nicht ansehen, denn es war natürlich eine glatte Lüge.

»Ist das so? Ist sie nicht viel zu fett?« Er funkelte mich an. Ich schrak zurück. Woher …? Wie konnte er …? Mir kamen Tränen. Ich wandte mich ab. »Ich erzähl dir mal etwas, das ich noch nie jemandem erzählt habe«, sagte Matteo. »Als meine Eltern sich trennten, da hab ich ein paar nicht ganz so legale Dinger gedreht, geklaut und so. Ich dachte wohl, das würde sie wieder zusammenbringen, wenn sie sich um mich kümmern müssten, um mich zu retten. Hat aber nur 'nen Haufen weiteren Ärger gebracht. Sie haben sich noch mehr gestritten. Meine Mutter wollte in dem Supermarkt, in dem sie mich erwischt haben, die Strafe bezahlen und mein Vater wollte stattdessen, dass ich die Sozialarbeit ableisten muss. Bevor er sich durchsetzen konnte, hat sie schon alles von ihrem Ersparten gelöhnt. Oh Mann. Ich hab mich noch beschissener gefühlt. Wenigstens hatte ich meinen Bruder, der mich ordentlich zur Sau gemacht hat und auf mich aufpasste wie ein Schießhund.

Er ist eine Weile um mich rumgeschlichen wie ein Bodyguard. Irgendwann ging's wieder aufwärts.« Matteo drehte meinen Kopf in seine Richtung und blickte mich an. »So war das, Dornröschen.«

»Warum erzählst du mir das jetzt? Ich klau nicht.«

»Hm«, machte Matteo und hielt den Kopf schief. »Irgendwie schon, oder?«

»Hä?«

»Na, du beklaust dich selbst, sozusagen, du beklaust dich um die Nahrung, die dir zusteht ... und um deine Freunde.«

»Was redest du da für'n Bullshit?« Ich sprang auf und warf die Decke auf den Boden.

»Isi«, sagte Matteo ruhig. »Deine Eltern bringt das nicht zusammen. Und ich behaupte mal, dass Kim nicht so gut auf dich aufpasst wie mein Bruder damals auf mich.«

»Mann, du schwafelst wie so ein Scheiß-Psycho. Ich hab gedacht, du bist auf meiner Seite.« Ich knallte die Teetasse auf einen Tisch.

»Genau das bin ich«, sagte Matteo und hielt mich am Handgelenk fest. »Und wenn du jetzt abhaust, Isabelle Rosinski, werde ich es wagen, deine Mutter anzurufen. Du wirst mich dafür auf ewig hassen und das ist die schlimmste Strafe für mich, aber ...«, er zog mich an sich, »ich werde nicht einfach zusehen, wie du vor die Hunde gehst. Und genau deshalb werde ich deine Mutter anrufen. Sie war damals 'ne große Hilfe, weil ich immer zu euch kommen konnte, wenn zu Hause die Luft brannte. Und ganz ehrlich: Dein Zuhause war für mich der beste Ort der Welt.« Er ließ mein Handgelenk los. Es schmerzte mehr als sein fester Griff. Wir sahen uns an. Die Welt stand still. Nur über meiner Insel tobte ein Sturm und brauste in meinen Ohren. Seine Worte hallten zu mir herüber, aus weiter Ferne. Verzweifelt versuchte ich, mich daran über die See zu hangeln. *Der beste Ort der Welt.* Aber es nutzte nichts. Ich spürte nichts. Keine Wärme, keine Hoffnung. In mir war eine Kälte, die mich selbst erschreckte. Würde ich erfrieren? Hier und jetzt?

»Nicht einmal du verstehst mich«, schrie ich und war eine Fremde dabei. Als würde ein Teufelchen in meiner Brust sitzen und mir diktieren, was zu tun und zu sagen sei. Und ich gehorchte, schnappte meine Tasche und rannte hinaus auf die Straße. Jetzt gab es nur noch eine einzige Person, die mir helfen konnte.

26

»Was ist los?«, fragte Kim.

»Ich weiß nicht wohin«, keuchte ich ins Handy. »Kann ich nicht ausnahmsweise zu dir?«

»Geht nicht, aber wir treffen uns an der Strandperle, okay? Ein paar Meter weiter, an der Mauer. Ich bin in 'ner halben Stunde dort.« Ohne meine Reaktion abzuwarten, beendete sie das Gespräch und mir blieb nichts anderes übrig, als darauf einzugehen. Ich setzte mich in die Bahn und dann in den Bus, bis ich am Museumshafen war. Der weite Blick über die Elbe tat gut. Ein paar Möwen kreischten und die Kräne auf der anderen Seite quietschten vertraut. Am Strand zog ich die Schuhe aus und lief barfuß durch den warmen Sand. Mein Magen schmerzte und meine Knie taten weh. Aber ich bekam wieder Luft. An der Strandperle war viel los und ich seufzte erleichtert, als ich endlich ein ruhiges Plätzchen fand und mich auf den Sand plumpsen lassen konnte, den Rücken an die warme Mauer gelehnt. Was für ein irrer Tag! Ich war mir nicht mehr sicher, was ich wirklich erlebt hatte und was ich mir nur einbildete. *Mamagie*? *Gurli*? Der *beste Ort der Welt*? Ich war fast eingeschlafen, als Kim endlich auftauchte.

»Hey, du siehst scheiße aus. Was ist passiert?« Sie zuppelte an ihrer Jeans herum und ließ sich dann neben mich gleiten.

»Meine Mutter wollte mich in 'ne Klinik bringen«, sagte ich kraftlos.

»Wie ist die denn drauf? Anstatt dich zu unterstützen.« Sie nahm mich in den Arm und strich mir die Haare aus dem Gesicht.

»Ich bin abgehauen.« Von Matteo erzählte ich nichts. Ich konnte es nicht ertragen, wenn Kim schlecht von ihm sprach.

»Mein Alter ist auch wieder hacke. Kein Zuckerschlecken, sag ich dir.« Wir lehnten unsere Köpfe aneinander und ich versuchte, mich besser zu fühlen.

»Aber die Bluse hab ich dabei«, sagte ich und zog sie aus der Tasche wie eine Trophäe.

»Cool«, sagte sie und sah an mir herunter. »Hey! Du trägst ja auch meine Jeans.« Sie hielt ihre Hand hoch und ich schlug ein. »Du hast es geschafft. Ich bin so stolz auf dich.« Dabei strahlte sie mich an wie selten. Es tat gut. Denn nach allem, was ich mir heute hatte anhören müssen, war es endlich ein Lichtblick, dass sich jemand für mich freute. Obwohl der Hosenbund noch so eng war, dass es mir den Atem abschnürte. Aber immerhin. Ich konnte die Hose zuknöpfen.

»Dann gehen wir solange zu meinem Freund«, sagte Kim.

»Welcher Freund?« Ich dachte an Latte oder Lucky.

»Keanu. Er wohnt hier in Othmarschen.«

»Keanu? Wer ist das denn?«

»Bin seit gestern mit ihm zusammen.«

»Seit gestern? Wo hast du den denn schon wieder kennengelernt?« Sie sah mich an, als sei ich nicht zurechnungsfähig.

»Hey, *KimKomm*, schon vergessen?« Mir war das nicht geheuer. Kim wechselte die Freunde wie andere ihre Unterwäsche. Ich wagte aber nicht, etwas zu sagen, wusste ja inzwischen, wie empfindlich sie reagierte. Noch mehr Stress konnte ich heute nicht vertragen. Also nickte ich nur.

Keanu wohnte in einer WG. Er studierte Astrophysik, hatte eine Kakteenzucht auf seinem Fensterbrett und schien ein schüchterner Typ zu sein. Jedenfalls gab er mir lasch die Hand und blickte mir kaum in die Augen. Kim saß auf seinem Schoß, während er uns etwas über schwarze Löcher erzählte. Ich wette, er hätte auch weiter doziert, wenn sie ihm dabei das Hemd aufgeknöpft und ausgezogen hätte. Über seinem Bett hing ein Plakat von einem Hirsch mit Sonnenbrille.

»Komm, wir gehen mal ins Bad«, sagte Kim plötzlich und sprang auf. Ich folgte ihr. Sie schloss die Tür zu und lehnte sich lachend dagegen.

»Ist er nicht süß? So was von verklemmt. Und so schlau.« Sie blickte in den Spiegel und holte ihr Schminktäschchen heraus. Keanu war ohne Zweifel das komplette Gegenteil von Moses. Aber was wollte sie mit diesem Langweiler?

»Hat er dich … kontaktet?«, fragte ich. Kim lachte.

»Neeee, sieht er so aus? Er hat sich als Schuhfetischist geoutet, unter anderem Namen. Ich hab ihn sozusagen *entdeckt*. Ist mal was Neues.« Sie grinste. »Das Pic mit den Strass-High-Heels hat's ihm dann angetan.«

»Echt? Der wirkt so schüchtern.«

»Klar, mit so 'nem Geheimnis.« Sie grinste. »Wenn er mal 'nen coolen Job hat, könnte ich ihn erpressen.«

»Spinnst du?« Kim lachte und ihre perfekten Zähne strahlten.

»Du hast es geglaubt.« Sie warf ihre Haare zurück und zog das kleine Fläschchen aus der Tasche. »Cool.« Sie desinfizierte sich die Hände und öffnete die Tür. »Zieh die Bluse an. Gleich geht's los.« Mit einem vielsagenden Augenaufschlag ließ sie mich im Bad stehen. Ich holte mein Handy heraus und rief das Foto von Zac auf. Er sah so perfekt aus. Um ehrlich zu sein, viel zu perfekt. Ich blickte in den Spiegel und … Aaaa-ah! … was war das? Wenn der Spiegel kein Scherzartikel war und ich tatsächlich in mein Gesicht blickte, dann …, dann … hatte ich so etwas wie ein dünnes Fell, einen Flaum, der meine Wangen bedeckte.

»Was ist los?« Kim kam wieder herein. Ich starrte sie an. Sie musste es doch sehen. Wortlos kramte sie im WG-Schränkchen neben dem Waschbecken und reichte mir einen Rasierer. »Du wirst kein Werwolf«, sagte sie. »Ist bloß so eine blödsinnige Körperreaktion.« Ich zeigte keine Regung. »Wegen der Friererei und so.«

»Ich seh aus wie ein Monster«, wimmerte ich.

»Blödsinn. Mach's einfach weg.« Sie drückte mir noch eine Dose Rasierschaum in die Hand und ging wieder hinaus. Ich war so kraftlos und fucking ferngesteuert, dass ich tatsächlich nach dem Rasierer griff und den Flaum abmähte. Dann klatschte ich Make-up drüber, schminkte mich, zog die Bluse an und tigerte mit Kim Richtung Treffpunkt Lido, um Nie-gesehen-Testosteron-Zac zu daten. Wie bescheuert kann man eigentlich sein? Ich sah aus wie eine knöchrige Karikatur der Easy, die Kim so genialisch erschaffen hatte. Isi war tot, lang lebe Easy-Insta-Barbie.

27

Während wir uns dem Treffpunkt näherten, blickte Kim andauernd auf ihr Handy.

»Was ist?«, fragte ich.

»Nix«, sagte sie.

Zum Glück war noch relativ viel los am *Lido*, obwohl es schon langsam dunkel wurde. Einige Pärchen saßen aneinandergekuschelt auf ihren Jacken im Sand, ein paar Jungs in Russenhocke auf Bierkisten um ein Lagerfeuer und an der Wasserkante liefen immer wieder Spaziergänger vorbei. Kims Handy tauchte ihr Gesicht in kaltes Licht, das es in eine gruselige Maske verwandelte.

»Was machst du da die ganze Zeit?« Sie antwortete nicht, sondern blickte abwechselnd auf ihr Display und dann wieder zu der Gruppe am Lagerfeuer.

»Hey, hör mal«, sagte sie, als wir uns dem vereinbarten Treffpunkt näherten, »ich geh grad mal zu den Jungs da rüber.«

»Was? Jetzt? Kennst du die?«

»Noch nicht.« Sie grinste und hielt mir ihr Handy vor die Nase. »Aber Tonio hier sucht offensichtlich Anschluss.« Sie zeigte mir das Foto eines gut aussehenden Typen. Ohne meine Reaktion abzuwarten, lief sie auf das Grüppchen zu und quatschte diesen Tonio an. Ich blieb fassungslos stehen und sah zu, wie sie sich an ihn ranmachte. Er reichte ihr ein Bier, dazu eine Zigarette, und sie bekam den Platz auf der Bierkiste neben ihm angeboten. Ein anderer, fleischiger Kerl breitete doch tatsächlich seine Jacke für sie aus. Sie blickte nicht ein einziges Mal zu mir herüber. Ich überlegte, ob ich einfach zu ihr gehen und ihr eine Szene machen sollte. Verdammt, sie wusste doch, dass ich sie brauchte! Mir wurde schon wieder schwindelig und ich öffnete einen Knopf meiner Bluse und fächelte mir Luft zu.

»Ahhh, hier haben wir also den eigentlichen Grund für die Klimaerwärmung.« Ich fuhr herum. Zac! »Du musst Easy sein.« Er hatte eine unangenehm weiche Stimme. Seine Haare waren mit viel Gel glatt frisiert. Er trug ein einfaches weißes T-Shirt und eine Jeans. Sein Lächeln war nett. Aber er sah lang nicht so gut aus wie auf dem Foto, hatte wohl auch daran herumgedoktert.

»Ja«, sagte ich leise. Warum verdammt noch mal war Kim nicht bei mir? »Hi.«

»Du siehst heiß aus«, sagte er und blickte auf meine leicht geöffnete Bluse. Ich bereute sofort, dass ich sie angezogen hatte. »Wollen wir ein Stück gehen?« Zac spuckte sein Kaugummi in den Sand. Ich blickte zu Kim, die sich in meine Richtung drehte. Aber es war zu dunkel, um ihre Augen zu erkennen. Ich hörte sie lachen und dieser Tonio stieß seine Bierflasche an die ihre.

»Okay«, sagte ich. Die Sonne ging gerade blutrot unter und verwandelte die Elbe in einen glitzernden roten See. Plötzlich war mir eisig. Ich schlotterte am ganzen Körper. Zac bemerkte es und nahm mich in den Arm.

»Du bist ja kalt wie ein Eiszapfen. Ich hoffe, das ist nur äußerlich.« Er grinste. Mir wurde flau. Das ging alles viel zu schnell und fühlte sich überhaupt nicht so an, wie ich es mir vorgestellt hatte. »Scheiße, das mit deinen Eltern«, sagte Zac unvermittelt.

»Wie?«

»Na, dass sie diesen Unfall hatten und so.«

»Ach so, ja.« Ich hatte Kims grausige Lügengeschichte ganz vergessen, wohnte ja offiziell in einer betreuten Mädchen-WG. Himmel.

»Aber den Entzug hast du gut überstanden, oder?« Welchen Entzug denn jetzt? Meinte der damit meine Eltern oder was? Wie geschmacklos. »Hey, du hast mir doch geschrieben, dass du das Zeug nicht mehr nimmst. Stimmt das etwa nicht?«

»Welches Zeug?«

»Sag mal, willst du mich verarschen? Crack und so.« Er war stehen geblieben. »Du bist doch jetzt clean?« Was hatte Kim ihm denn noch alles aufgetischt? Ich hätte sie erwürgen können.

»Ja, klar. Bin total clean. Cleaner als clean.« Er sah mich zweifelnd an.

Wir gingen noch ein Stück weiter.

»Du spielst Wasserball?« Ich versuchte einen Themenwechsel. Es war inzwischen stockfinster, eine mondlose Nacht. Zac lachte, besser gesagt, er keckerte kurze abgehackte Laute, die kläglich verendeten, als er meinen entgeisterten Blick sah.

»Wasserball? Ich bin doch nich schwul. Neee, ich geh in die Muckibude.« Wie zum Beweis hob er seine Arme und spannte die Muskeln an. Ich konnte es nicht fassen. Alles war eine einzige Lüge.

Das Elbwasser plätscherte, die Hafenkräne quietschten in der Ferne, ab und zu kicherte es in der Dunkelheit oder ein

Lagerfeuer flackerte auf und knisterte. Ich wollte nur noch weg, verfluchte Kim, die mir das alles eingebrockt und mich im entscheidenden Moment alleingelassen hatte.

»Hochwasser«, sagte Zac nach einer Weile und legte seinen Arm wieder um meine Schultern.

»Hm.« Ich versuchte unbemerkt, einen Knopf der Bluse zu schließen.

»Da vorn kommen manchma Seehunde.« Sein Griff wurde fester.

»Aha.« Der Knopf entglitt mir und die Bluse klaffte wieder auseinander.

»Ja, mit der Flut. Die merken wahrscheinlich nichma, dass hier Schicht im Kanal is.«

»Schicht?«

»Na Ende, finito, weiter geht's nich. Ob die wieder zu ihren Kumpels zurückfinden, weiß ich nich.« Seine Hand wanderte über meinen Rücken und schloss sich schließlich um mein Handgelenk. »So ein kleines süßes Seehündchen, nä? Wär ja jammerschade, nä, wenn das nichmehr heimkäm.« Sein Keckern. Der Schmerz an meinem Handgelenk. Das gierige Funkeln in seinen Augen. Pling! Da ging plötzlich in mir drin so eine Art Licht der Erkenntnis an. Spot auf Isabelle Rosinski … Mein Teufelchen lachte sich kaputt. Es pustete die Gedankennebel mit seiner Wodkafahne weg. Und da sah ich mich, ein ängstliches, hässliches und schutzloses kleines Mädchen, das wimmernd auf seiner Insel fror, umgeben von hungrigen Haien, während in der Ferne das gute Leben tobte. Und das Teufelchen … war Kim.

»Wie alt bist du eigentlich?«, fragte Zac.

»17«, log ich.

»Hm«, machte Zac. Er knetete an meiner Hand herum. Ich riss sie weg, aber er warf sofort einen Arm um mich wie ein Lasso und zog mich noch enger an sich heran. Ich spürte, dass er unter Strom stand. Alles an ihm vibrierte. Verzweifelt suchte ich nach einem Plan, nach den passenden Worten, um schleunigst das Weite zu suchen. »Komm, wir setzen uns ma!«, sagte Zac. Ich wollte nicht. Wir kamen gerade in eine besonders düstere Ecke und es schien niemand mehr in der Nähe zu sein. Ich wühlte mit der freien Hand in meiner Tasche nach dem Handy, um irgendwen anzurufen. Yara zum Beispiel.

»Lieber noch laufen.« Zac blieb stehen und drückte meine Hand, bis es wehtat.

»Nein, wir setzen uns jetzt.« Seine Augen funkelten in der Dunkelheit wie glühende Kohle. Panik stieg in mir auf.

»Okay«, würgte ich hervor, denn es war klar, dass er keinen Widerspruch duldete. Ich wollte schreien, aber eine Scheißangst lähmte meine Zunge. Er zog mich vom Wasser weg zu einem Gebüsch. »Ein bisschen unheimlich hier«, krächzte ich.

»Ach was, der Platz is perfekt.« Perfekt für was, verdammt? Wofür konnte ein völlig abgelegener, versteckter Platz in vollkommener Dunkelheit schon perfekt sein? Ich riss mich los und stolperte ins nächste Gebüsch. Zac war sofort wieder neben mir und begann, gierig meine Bluse aufzuknöpfen. Ich drückte seine Hand zur Seite.

»Spinnst du? Lass das!«

»Easy«, hauchte Zac mit seiner unangenehm weichen Stimme, »du musst keine Angst haben.« Und dann zog er mich mit einem Ruck an sich und drückte mich mit seinem Körpergewicht in den kühlen Sand.

»Nein, hör auf«, rief ich, »ich will das nicht.« Ich schlug wie wild um mich.

»Sei still«, fauchte er und seine Stimme war mit einem Mal so kalt wie mein Herz.

»Neiiiin«, schrie ich panisch, »Neiiiin.« Und da presste er mir eine Hand auf den Mund und riss mit der anderen meine Bluse auf.

»Halt's Maul, du Schlampe, dann passiert dir auch nix.«

Eiskalte Wellen schlugen über mir zusammen, zerquetschten meine Knochen, wrangen alles Leben aus mir heraus. Ich ging strampelnd unter und nahm alles Ungesagte mit. Mama, dachte ich. Matteo. Ich bäumte mich auf, presste meine Fäuste gegen Zacs bleiernen Körper. Aber ich hatte keine Chance gegen ihn. Er fingerte am Bund meiner Hose und zerrte sie herunter. Dabei rutschte seine andere Hand von meinem Mund und sofort brüllte ich, so laut ich konnte, in die endlose Schwärze der Nacht. »Hilfeeee!« Schon drückte er seine Pranke wieder auf meinen Mund. Ich fühlte nichts mehr, nur eine eisige Kälte, die mich völlig lähmte. Ich sank einsam auf den Grund, verstand plötzlich alles, wollte nichts mehr, gab einfach auf, beschämt, entstellt, irregeführt. Eine Andere, die ich nie war.

Doch da bekam ich auf einmal wieder Luft. Der tonnenschwere Leib wurde von mir weggerissen und ich hörte einen dumpfen Schlag, einen Fluch von Zac und dann, wie jemand wegrannte. Es ging alles so schnell, dass ich benommen liegen blieb.

»Hey, Mädchen, bist du okay?«, fragte eine fremde Männerstimme. Ich konnte nur Umrisse erkennen.

»Lebt sie noch?« Eine ängstliche Frauenstimme.

»Ich hör sie atmen«, sagte der Mann. »Mach mal Licht mit dem Handy.« Und gleich darauf wurde ich angeleuchtet.

»Sie hat die Augen auf«, sagte die Frau.

»Bist du okay, Mädchen?« Ich nickte benommen und zog meine Hose hoch.

»Oh mein Gott«, keuchte die Frau auf, »zum Glück.« Sie legte mir ihren Pullover um die Schultern und nahm mich in ihre Madonnenarme. Und endlich konnte ich loslassen. Ich weinte und weinte und presste mich an diese fremde Frau, deren Gesicht ich nicht einmal sehen konnte und die da gewesen war, als ich Hilfe brauchte. Nicht Kim, sondern zwei völlig fremde Menschen. Sie nahmen mich im Auto mit und brachten mich nach Hause. Mama starrte mich entgeistert an, während der Mann ihr erklärte, was passiert war. Tränen liefen ihr über die Wangen. Sie drückte mich wortlos an sich und hielt mich lange fest, bis wieder *Mamagie* in meine Welt zurückkehrte und ganz langsam in meine Adern floss wie bunte Wasserfarben in eine blasse Pfütze. Sie brachte mich nach oben, während mein Vater sich überschwänglich bei den Rettern bedankte. Papa!, dachte ich noch, Papa war da! Aber ich sagte nichts, war vor meiner fernen Insel längst untergegangen, hörte alles wie unter Wasser, verstand keine Frage, sah niemanden an, ließ alles mit mir geschehen. Ich fühlte nur Taubheit, eine lähmende, graue, kalte Taubheit. Und irgendwann fiel ich in einen erlösenden traumlosen Schlaf, aus dem ich nie mehr erwachen wollte.

28

Später, als ich doch erwachte, hoffte ich, dass alles bloß ein böser Traum gewesen war. Aber die zerrissene Bluse lag vor meinem Bett und ich spürte jeden Knochen meines ausgemergelten Körpers. Neben der Bluse stand ein Tablett mit lauter Köstlichkeiten. Wütend griff ich nach einem Käsesandwich und biss hinein. Ich hasse dich, Kim, dachte ich dabei. Noch ein Biss. Ich hasse dich, Zac, du Arsch. Noch ein besonders großer Biss. Ich hasse dich, du idiotische Diät. Ich nahm das nächste Sandwich. Ich hasse dich, du falsche Easy … Ich raffte mich auf, stürzte mich auf Kims Jeans, nahm eine Schere und zerschnitt sie. Ich machte bestimmt hundert Teile aus ihr. Dann klopfte es.

»Wer ist da?«, brüllte ich wütend, darauf gefasst, Kim alles um die Ohren zu hauen und ihr die Augen auszukratzen.

»Ich bin's«, sagte Papa. »Darf ich reinkommen?«

»NEIN.« Ich schloss die Tür von innen ab. »Geh doch zu Lara.« Dann nahm ich Lilly aus dem Käfig, kroch mit ihr durch die Dachluke und ließ mich auf die warmen Ziegel sinken. Lilly setzte ich auf meinen Bauch und streichelte über ihr weiches Fell. Der Himmel über uns leuchtete trügerisch blau. Ich schloss die Augen. Sofort wurde der Albtraum der letzten Nacht wieder lebendig, Zacs Hände, die überall waren, sein schneidend scharfer Atem, die Angst zu ersticken. Ich riss die Augen wieder auf und sah mich um. Yara fehlte. Sie fehlte mir so sehr, dass es wehtat. *Du hattest mit allem recht*, schrieb ich ihr, *es tut mir leid*. Und nachdem ich 20 Schäfchenwolken gezählt und Lilly mich vollgeknödelt hatte, schrieb ich noch: *Du fehlst mir*. Ich starrte auf das Display und wartete auf das zweite Häkchen, aber Yara war offline.

In der Nacht wachte ich immer wieder auf, schlug um mich, schrie, war schweißgebadet. *Du musst keine Angst haben*, raunte Zac mir zu. Aber ich hatte eine Scheißangst.

Am Frühstückstisch saßen wir zum ersten Mal wieder zu dritt, mit Papa, der auf dem Sofa übernachtet hatte. Aber nichts war wie früher. Ich mümmelte ewig an einer Butterstulle, während Mama und Papa mich stumm ansahen. Mama hatte die Kerze auf ihrem Yoga-Altar angelassen, die sie sonst nach ihrem Morgenprogramm wieder löschte. Und Papas Zeitung lag noch zusammengefaltet auf der Kommode. Ihr Gestarre nervte.

»Was?«, unterbrach ich die Knuspergeräusche. Mama schob eine Hand über den Tisch und legte sie auf die meine. »Wenn du reden möchtest«, sagte sie, »wir sind für dich da.«

Ich stand auf, konnte nicht aushalten, wie sie mich erwartungsvoll anstarrten, etwas hören wollten, über das ich nie wieder sprechen wollte, das ich vergessen wollte, aus meiner Erinnerung löschen, verbrennen, vernichten.

»Ich geh hoch.« Schnell huschte ich in mein Zimmer, schloss die Tür ab, hangelte mich mit Lilly durch die Dachluke und atmete endlich aus, während sich mein Rücken an die warmen Ziegel schmiegte.

»Weißt du, wo Lilly war?«, sagte plötzlich jemand neben mir, eine vertraute Stimme. Genau die Stimme, die ich jetzt hören wollte.

»Yara«, rief ich und schlug die Augen auf. Ich fühlte mich sofort in Sicherheit.

»Sie war in einem Garten mit einem Kaninchenkäfig«, erzählte Yara. »Sie saß davor und versuchte hineinzukommen. Dabei war es ein furchtbar hässlicher Käfig, ganz steril, mit Plastikzeugs und einem völlig desinteressierten anderen Kaninchen darin, das sie gar nicht zu beachten schien. Es heißt Mona Lisa. Stell dir das mal vor, ein Kaninchen, das Mona Lisa heißt. Aber Lilly wollte allen Ernstes hinein. Sie hatte schon angefangen, ein Loch zu buddeln. Was glaubst du, warum sie da wohl reinwollte?«

»Keine Ahnung.«

»Ich glaube, weil sie nicht wusste, wie sie wieder nach Hause kommt. Und da ist ein arrogantes Mona-Lisa-Kaninchen immer noch besser als die totale Einsamkeit.« Sie streichelte Lilly über ihr Fell. »Zum Glück haben wir sie gefunden.«

»Ja«, sagte ich, »zum Glück.« Ich setzte mich auf und schob Lilly auf meine Beine. »Weißt du was? Ich glaube, Lilly ist froh, dass alles wieder so ist wie zuvor.«

»Meinst du? Woran erkennst du das?« Ich nahm Lillys Vorderpfoten in die Hände.

»Sie hat wieder flache Schuhe an. Das hochhackige Modell *Mona Lisa* habe ich im Kaninchenmüll gefunden.« Yara lachte lauthals los und das war so ansteckend, dass ich ebenfalls lachen musste. Und mit jedem Quieken und Gackern schmolz ein wenig Eis in meinem Herzen und mir wurde immer wärmer. Als dann auch noch mein völlig verblüffter Papa aus der Luke guckte, da konnten wir uns kaum noch halten. Er hatte doch tatsächlich die Tür aufgebrochen, weil er dachte, ich tu mir was an.

»Cool«, sagte ich, als er atemlos davon berichtete. Und dann verdrückte er sich wieder, weil er unsere *Gespräche* nicht stören wollte. Das war der nächste Brüller, unsere *Gespräche.*

»Du hast mir so gefehlt, Isi«, sagte Yara, nachdem wir uns beruhigt hatten.

»Ich mir auch«, sagte ich. Und das war die ganze Wahrheit. »Weißt du, was Coco Chanel mal gesagt hat?«

»Nee.« Yara sah mich misstrauisch an.

»Das Schönste im Leben ist kostenlos. Das Zweitschönste ist ziemlich teuer.«

»Aha«, sagte Yara. »Und?« Ich lächelte sie an.

»Das mit dem Zweitschönsten ist eine Lüge.«

»Ist es nicht teuer?«

»Doch, aber nicht schön. Es ist nur ein riesiger Haufen Scheiße. Nach dem Schönsten kommt einfach lange gar nichts.«

»Und was ist das Schönste?«

»Na, Freundschaft natürlich.« Ich drückte Lilly an mich. Und da lehnte Yara ihren Kopf an den meinen und sagte gar nichts.

»Weißt du, dass Matteo schon in Othmarschen war?«, sagte sie nach einer Weile. »Er hat mit deiner Mutter gesprochen und war ziemlich aufgewühlt. Dann hat er dein Handy geortet und wollte dich suchen. Er war schon im Jenischpark, als …«

Zac. Da war er wieder, seine Riesenpranken, die mich anfassen und mir den Mund zudrücken, die meine Bluse aufreißen und die Hose …

»Hey, du bist ja ganz blass«, sagte Yara und nahm meine Hand. »Und kalt.«

»Es war schrecklich, Yara.« Sie nahm mich in den Arm und strich mir über den Rücken, während ich Lilly an mich drückte und ihren vertrauten Geruch einatmete. »Ich war so bescheuert.« Yara sagte nichts, streichelte mich nur ganz sanft. »Ich habe Kim vertraut, ich hab doch tatsächlich gedacht, dass sie mir helfen will, und alles mitgemacht, sogar diese gruselige Schienenaktion. Ich hab ihre Lügen ertragen und saß hacke auf einem Motorrad hinter einem besoffenen Wahnsinnigen. Und dann hat sie mich diesem Asi-Arsch angedient wie ein Zuhälter seine Nutte.« Ich sah Yara an, mit Tränen in den Augen. »Und diese abartigen Diäten, um so auszusehen wie sie.« Ich bekam es kaum über die Lippen. »Ich wäre fast dabei draufgegangen, Yara, ich war so nah dran.« Ich hielt Daumen und Zeigefinger in millimeterbreitem Abstand übereinander und war selbst so geschockt über meine Erkenntnis, dass ich wieder zu zittern begann. Yara strich mir weiter über den Rücken und summte dabei unseren Dachziegelblues. Sie summte und summte, während meine Tränen langsam versiegten. Und plötzlich begannen wir gemeinsam zu singen und wurden immer lauter, bis ich aufhörte zu zittern und wir einfach stumm dasaßen. Himmel, wie konnte ich Yara nur so verletzen? Und trotzdem hatte sie mir verziehen. Sie war immer wiedergekommen und sie hatte mir verziehen.

»Weißt du was, Isi, ich glaube, die Sache mit Kim war eine Art Schocktherapie. Jetzt hast du Antikörper entwickelt und bist für immer immun.«

»Gegen was?«

»Likes, Kims, Bahngleise?«

»Und woher hast du deine Antikörper?«

»Impfung? Muttermilch? Keine Ahnung.«
»Und wenn sich bei dir *die Dinge ändern* sollten?«
»Dann hab ich ja dich.«
Noch am selben Abend wechselte ich mein Profilbild und lud wieder das Dornröschenfahrrad hoch. Im Klassenchat war ich schon ewig nicht mehr gewesen und wusste gar nicht so genau, was zurzeit abging. Ich scrollte ein wenig durch die Posts. Yara war jedenfalls noch mit Josh zusammen. Sie planten sogar eine gemeinsame Party. Matteo hatte keinen einzigen Beitrag eingestellt. Der letzte, den ich finden konnte, war von dem Tag, an dem wir miteinander getanzt hatten. Das Foto von uns war noch im Chat. Als wäre unsere Geschichte in diesem Moment abgebrochen. Als hätte jemand eine riesengroße Schere genommen und den Liebesfilm durchtrennt. Ritscheratsch. Aus die Maus. Lenny hatte eine seiner intelligenten Bemerkungen daruntergesetzt. *Zwei Reinhäuter beim Blickficken.* Oh Mann, Lenny. *Kann nicht jeder so ein Arschgeweih haben wie du*, war Joshs Kommentar, dem einige Tränen lachende Smileys von anderen Jungs folgten. *Das bringt keine Karmapunkte, Len*, hatte Anouk gepostet, was einige Mädchen mit hochgereckten Daumen kommentierten. Und dann Matteo: *Wer mein Mädchen beleidigt, macht Bekanntschaft mit meinen Boxhandschuhen.* Er hatte tatsächlich *mein Mädchen* geschrieben. Nach einer Wette klang das nicht. *Mein Mädchen*, und das im Klassenchat. Mein Herz klopfte. Wenn das alles die Wahrheit gewesen war auf jener Party bei Josh … Sollte er wirklich, ernsthaft …? Ich konnte es einfach nicht glauben. Ich blickte in den Spiegel. Ich sah schrecklich aus, blass, mit Ringen unter den Augen. Und meine roten Locken waren vom vielen Glätten ganz stumpf und spröde geworden.

Meine Haut war unrein und meine Lippen an vielen Stellen eingerissen und trocken. Es war schockierend. Aber ich fasste einen Entschluss, der mich alle Kraft kostete. Morgen würde ich wieder in die Schule gehen, genau so wie ich war und in meinen alten gemütlichen Jeans und dem ausgeleierten H&M-Shirt. Ich nahm mein Handy. Kim hatte mir seit ihrem Abgang am Vortag keine einzige Nachricht geschickt, was mich nicht wunderte. Ich lud mir Tinder runter, richtete ein Fake-Profil mit einem Micky-Maus-Bild ein und suchte nach meinem Namen: Easy, so wie Kim ihn geschrieben hätte. Und da öffnete sich tatsächlich mein Profil, das getunte Foto, auf dem ich so abnormal dünn aussah und aufgeblasene Lippen hatte. Sich selbst hatte Kim sauber abgetrennt. Ich blickte auf das Motto: *Das Leben ist kurz, boys, lasst es uns rocken!* Angewidert versuchte ich, den Account zu löschen. Aber es ging nicht. Er lief über Kim. Verdammt. Ich schickte ihr eine Nachricht: *Lösch sofort mein Profil, sonst melde ich dich.* Es war meine erste harmlose Drohung. Und wenn Kim nicht völlig verblödet war, dann wusste sie, dass ich ihr damit die vermeintliche Freundschaft aufkündigte. Ich dachte an Jennys Worte: *Kim braucht immer einen Twin, den sie mit in ihren Scheiß ziehen kann.* Doch wie würde sie reagieren, wenn dieser Twin sich abnabelte? Kim war unberechenbar. Und ich bekam eine Scheißangst.

29

Ich betrat das Klassenzimmer wie eine Kampfarena, auf alles gefasst. Meine alten Lieblingsjeans waren viel zu weit und schlabberten an mir herum wie ein Hosenrock. Mir war das egal. Wenn es Kim provozieren würde, war es genau richtig. Yara sprang auf und lief mir entgegen. Sie umarmte mich und flüsterte mir ins Ohr.

»Setz dich besser zu mir. Kim hat dir ein Päckchen hingelegt. Vielleicht ist eine Bombe drin.« Ich schielte zu Kims Platz. Und da saß sie wie immer, aufgetakelt, ein eiskalter Engel. Auf dem Tisch lag tatsächlich ein Geschenk mit einer rosa Schleife, auf *meiner* Seite.

»Nein«, flüsterte ich zurück. »Ich zieh das jetzt durch.« Und damit schritt ich den Klassenlaufsteg entlang, der heute endlos zu sein schien, und ließ mich neben Kim plumpsen. Im Raum rumorte es. Kim starrte mich an. Zum ersten Mal sah ich sie ehrlich erschrecken. Sie riss die Augen auf, blickte an mir hoch und runter, rang nach Fassung und brachte sich schließlich wieder unter Kontrolle.

»Ach du Scheiße«, sagte sie trocken, die Hände um ihr Schminktäschchen gekrallt.

»Du sagst es.«

»Steht Zac auf *bad taste* oder was?«

»Ich glaube, Zac steht auf alles mit Titten.«

»Hey, du kannst ja vulgär. Cool.« Sie öffnete ihr Schminktäschchen. Inzwischen wusste ich, dass sie es nutzte wie ein Schutzschild, um sich zu verstecken oder um einen Gegenschlag vorzubereiten.

»Wie war's mit Toni?«

»Nice«, sagte sie, während sie sich die Nase puderte. »Und bei dir so?« Ich konnte nicht mehr. Ich riss ihr den Spiegel aus der Hand und knallte ihn auf den Boden, wo er zersprang.

»Dein ach so braver Zaciboy wollte mir an die Wäsche, du miese Schlange.« Im Raum wurde es totenstill. Für einen kurzen Moment der Schwäche hatte Kim wieder diesen verschreckten Kätzchenblick, den ich schon einmal gesehen hatte, als der Krätzer sie auf ihr Tinderprofil ansprach. Aber nur eine Sekunde später war sie wieder *Kim Galaxy*.

»Sag nicht, du hast ihn abblitzen lassen? Verdammt, Easy, ich fass es nicht.« Sie spielte immer noch ihr Schlangenspiel. »Jetzt war die ganze Arbeit umsonst.«

»Welche Arbeit?«

»Na, aus dir irgendwie eine sexy Bitch zu machen.« Sie klimperte mit ihren langen Wimpern, während sie mich abfällig musterte. »Das war doch *die* Gelegenheit, es hinter dich zu bringen.«

»Was hinter mich bringen?«

»Na, das verdammte erste Mal«, brüllte sie, damit auch jeder im Raum es hören konnte. Ich sprang auf und schlug ihr die Puderquaste aus der Hand.

»Mein *erstes Mal*«, fauchte ich sie an, »will ich bestimmt nicht mit so einem aufgepumpten Tarzan für Arme *hinter mich bringen*, der nur ein Senftöpfchen sucht, in das er sein Würstchen stecken kann.« Sie lachte theatralisch auf.

»Ach, was bist du doch für ein fettes feiges Baby.«

»Besser als eine dürre asoziale Schlampe.« Kim starrte mich an. In der *Galaxy* taten sich große schwarze Löcher auf, an denen Keanu seine Freude gehabt hätte.

»Eins zu null für Isi«, rief Lenny und sprang auf einen Stuhl. Kim schnappte das Päckchen und warf es in ihre Designertasche.

»Wenn ich du wäre, Isipisi, dann würde ich meine Reste aufsammeln und in 'ne neue Form gießen, Tittentuning und Facelifting inklusive. Sonst sieht dich nicht mal mehr so 'n Milchbubi wie Matteo mit dem Arsch an.«

»Ich sag dir mal was, Kimipimi, wer mich so nicht mag, der muss eben noch an sich arbeiten.« Ich kam richtig in Fahrt. »Und Matteo steckt locker dein gesamtes *Rammel*surium in die Tasche: Alif, Moses, Keanu und wie die Gestalten in deinem Gruselkabinett alle heißen. Das ist doch Resteficken.« Kim schnappte nach Luft. Ich schielte zu Matteo, aber fast die ganze Klassenschar drängte sich inzwischen an Kim und mich heran und ich konnte ihn nicht sehen.

»Wahooo«, jaulte Lenny und streckte zwei Finger in die Luft.

Kim wühlte in ihrer Tasche, zog ihr Fläschchen heraus und desinfizierte sich die Hände, während wir alle warteten, was als Nächstes passieren würde. Aber es passierte nichts. Null. Nada. Schließlich stand Kim wortlos auf, schob einige Schüler zur Seite, stolzierte in ihren meterhohen Pumps durch den Mittelgang und verschwand auf Nimmerwiedersehen. Ich atmete langsam aus und sah zu Yara, die den Daumen in die Höhe streckte und mir einen Kuss zuwarf. Irgendwo begann jemand zu klatschen. Matteo? Latifa fiel mit ein, dann Lenny und Anouk, Suri und Sarah. Ich stand auf, lächelte in die

Runde und setzte mich endlich wieder neben Yara, wo ich ein bisschen zu Hause war.

»Senftöpfchen?« Sie grinste mich an.

»Hauptsache, sie hat's kapiert.«

»Davon kannste ausgehen. Du bist eine Heldin«, sagte sie. Leider fühlte ich mich ganz und gar nicht wie eine. Ich spürte zwar Erleichterung, weil es vorbei war, aber am liebsten wäre ich ihr hinterhergerannt, um noch einmal in Ruhe über alles zu sprechen, ohne Publikum. Doch da kam schon der Poschek. Alle gingen zurück zu ihren Plätzen. Er warf seine Tasche auf den Tisch und blickte sich im Raum um.

»Dann hab ich wohl richtig gesehen, oder? Das Fräulein Kim ist gerade wieder gegangen?« Ein zustimmendes Gemurmel im Raum.

»Ja«, sagte Lenny, »sie hat vergessen, die Haare auf ihren Zähnen zu frisieren, und musste noch mal nach Hause.« Einige lachten.

»Lennard«, sagte der Poschek, »würdest du bitte die Güte haben, das Fräulein Kim einzuholen und ihr auszurichten, dass ich ihre Teilnahme am Unterricht wünsche.«

»Oh«, machte Lenny, »äußerst ungern.« Er sah mich kurz an und ich nickte wie wild.

»Es dürfte auch unmöglich sein, sie einzuholen«, mischte sich Matteo ein. Ich konnte ihn wieder nicht sehen, denn Lenny, der gerade eine Bifi in die Höhe hielt, verdeckte ihn. Und während Lenny mich angrinste, machte er mit Daumen und Zeigefinger der anderen Hand einen Ring und steckte das Würstchen hinein.

»Wie meinst du das?«, fragte Poschek.

»Sie haben uns doch letzte Stunde *die Entdeckung der Un-*

endlichkeit von diesem griechischen Philosophen erklärt …«
Matteos Hände tanzten aus Lennys Deckung und ich wünschte mir, die Luft zu sein, die er gerade streichelte.

»Zenon von Elea, ja genau.« Poschek blickte ungeduldig aus dem Fenster. Ob Kim wohl gerade über den Hof stolzierte? Aber im Grunde war es mir vollkommen gleichgültig. Ich wusste nun genau, was ich wollte, und zwar keinen Zaciboy, auch keinen Alif, Moses oder Keanu oder sonst einen dieser Internethengste. Ich wollte keine andere mehr sein, schon gar keine wie Kim. Alles, was ich wollte, war Matteo. Und ich hoffte, dass es noch nicht zu spät war.

»Also mal ehrlich«, protestierte Lenny und sprang auf. »Ich hab noch was vor in meinem Leben. Ich finde, Mädchen, die man niemals einholen kann, sollte man ziehen lassen, oder?«
Alle klatschten. Der Poschek lächelte tatsächlich. Und endlich war der Blick auf Matteo frei. Ich starrte ihn ungläubig an. Seine Haare! Sie waren ganz kurz geschnitten. Die rote Mähne war ab. Er sah völlig anders aus. Ganz langsam wandte er sich zu mir um und seine Kleeblattaugen leuchteten in ihrem Wahnsinnsgrün. Ich schenkte ihm mein schönstes Lächeln, so schön es eben ging, aus spröden aufgerissenen Lippen. Er nickte mir zu.

»Was ist denn mit Matteo passiert?«, flüsterte ich.

»Keine Ahnung, vielleicht will er ja Mönch werden, nachdem du ihn abgewiesen hast.«

»Fräulein Yara«, polterte Poschek los, »ich bin sicher, es gibt wichtige Dinge zu besprechen, aber …« Nun sah Poschek mich an. Er stockte mitten im Satz. Es war ihm anzusehen, dass er mich gerade erst erkannte. Er rang nach dem nächsten Wort, presste seine Lippen aufeinander und lächelte schließlich breit. »In der Pause«, sagte er freundlich. »Unterhaltet euch doch bitte in der Pause.« Dann fuhr er in seinem üblichen Mathe-Singsang fort und ließ uns in Ruhe. Aber während ich mit klopfendem Herzen die Worte abschmeckte, mit denen ich Matteo gleich begrüßen wollte, und mich vorfreudig der Illusion hingab, Kims *Galaxy* aus ihren planetarischen Angeln gehoben zu haben, zündete ebendiese Kim ihre letzte Bombe. *Bing*, machte mein Handy und ich sah zu Poschek, der aber glücklicherweise nichts gehört hatte. Nur Yara bohrte mir warnend ihren Ellenbogen in die Seite. Ich stellte das Handy auf stumm. Während Poschek irgendeine Gleichung an die Tafel schrieb, öffnete ich die Nachricht und erstarrte. Alles Blut sackte mit einem Mal in meine Füße und mir wurde schwindelig. Ich blickte auf das Foto eines hässlichen Horrorclowns – mich. Ich hatte ein aufgedunsenes hochrotes Gesicht und glasige Augen. Der Lippenstift war verwischt und meine Haare standen in alle Richtungen. Aber viel schlimmer war, dass ich keine Hose anhatte, mein Ausschnitt aufgeknöpft war und ein offensichtlich völlig zugedröhnter Kuddel mir gierig an die Brust langte, die frei lag wie ein frisch gepelltes Ei. Auf meiner anderen Seite war Lucky zu sehen, der gerade an einem Joint zog und die Augen verdrehte. Kim hatte das Foto tatsächlich in den Klassenchat gestellt. Alle konnten es sehen! Ich bekam keine Luft und japste. Vorsichtig spähte ich zu den Nebentischen hinüber. Aber es war traurige Gewissheit. Einige starrten unter die Bänke, Anouk stupste Suri an und hielt ihr verstohlen das Handy hin. Helen sah mich an, als hätte sie eine neue Spezies der Gattung Nacktmulle entdeckt, Kofi schlug sich auf die Schenkel und brachte offensichtlich seine ganze Kraft dafür auf, nicht laut loszulachen, und Olli drehte sich zur Hinterbank, um Mohammed und Josh grinsend sein Smartphone zu präsentieren. Ich linste zu Matteo, der gerade von Lennys Handy hochsah. Unsere Blicke trafen sich. Mit einem Mal erinnerte mich das Grün seiner Augen an das Moos auf dem Grab von Jennys Vater. Matteo sah mich todtraurig an und ich begriff im selben Moment, dass es vorbei war – alles. Die ganze Zeit hatte er zu mir gehalten und versucht, mich zu retten, aber dieses Foto war der Beweis dafür, dass ich nicht mehr *sein Mädchen* war. Ich hatte ihn verloren.

Mitten im Unterricht stand ich wortlos auf und rannte hinaus. Ich schlug die Tür zu, stob den Gang entlang, bis ich die Toiletten erreichte. Ich riss eine Kabinentür auf, knallte sie hinter mir zu und schloss ab. Dann brach ich auf dem Klodeckel zusammen und schrie die zerkratzte Klotür an, hämmerte auf das marode Holz und ließ meinen Kopf gegen die Wand fallen. Ich hatte es doch geahnt. Kim behielt immer das letzte Wort. Ich wusste doch, dass sie die Abfuhr nicht einfach so hinnehmen würde. Aber das! Sie hatte noch mal alles gegeben. Verdammt! Und wieder verfluchte ich den Moment, in dem ich dachte, ich müsste eine andere werden, eine Dünnere, Schönere, Begehrtere, eine wie Kim. Ja, die Dinge ändern sich, das hatte meine Mutter mir klargemacht, aber warum zum Teufel musste *ich* deshalb alles zerschmettern, zerstören, vernichten? Jetzt würden alle das Foto sehen … Alle? Ich zerrte das Handy aus meiner Hosentasche und öffnete *KimGalaxy* … Und tatsächlich. Sie hatte das Foto auch auf Instagram gepostet, mit einem Kommentar. *Wo früher ihre Würde war, ist heute eine Minibar.* Dazu ein Zwinkersmiley. Ich brach in Tränen aus. 20 000 Follower würden es sehen und jeder, der die angehängten Hashtags aufrief. Sie hatte die mögliche Anzahl voll ausgeschöpft, lauter zwielichtiges Zeug. Es war abscheulich. Nie nie wieder würde ich dieses elende Klo verlassen, nie wieder. Dabei war es mir fast egal, welche User auf dieser großen weiten Welt das Foto sehen würden. Das Einzige, was zählte, waren meine Freunde, waren Yara und Matteo, Anouk und Latifa, Josh und die anderen. Natürlich auch die Lehrer, denen ich täglich begegnete. Und meine Eltern. Zum Glück hatten sie die App nicht installiert. Ich schämte mich unendlich und heulte einen ganzen Ozean, während ich auf dem vollgekritzelten Klodeckel saß und fror.

30

»Isi, hey, ich bin's, Yara. Mach auf.« Sie klopfte an die Tür.

»Ich kann nicht«, wimmerte ich. »Verdammt.«

»Isi«, flehte Yara, »komm, jeder baut mal Scheiße.«

»Nein, so was Bescheuertes hast du noch nie gemacht.«

»Klar hab ich das.«

»Ach ja?«

»Ja.« Yara schwieg eine Weile. Ich schluchzte immer noch.

»Was denn?«

»Na zum Beispiel das im Schwimmbad, die Sache mit dem süßen Bademeister, weißt du noch?«

»Harmlos«, sagte ich. »Und außerdem gibt es kein Foto davon.«

»Und die Aktion in der U-Bahn, wo ich den beiden Italienern zeigen wollte, dass ich italienische Unterwäsche trage?«

»Yara, das war sogar noch harmloser.«

»Na gut. Aber das mit dem Faschingsball in der Schule, das war richtig schlimm. Das in der Fotobox, wo mir so ein schleimiger Typ aus der Zwölften den Hosenstall zumacht und ich dabei so absolut dämlich grinse, in meinem Bunny-Outfit. Oh Gott.«

»Okay, das war ziemlich peinlich. Aber das Foto hab ja nur ich gesehen.«

»Stimmt«, sagte Yara leise. Eine halbe Ewigkeit war es totenstill und ich dachte schon, Yara hätte sich hinausgeschlichen. *Bing*, machte mein Handy irgendwann. Und da hatte Yara das Foto von der Faschingsparty tatsächlich in den Klassenchat gestellt und einen Kommentar dazugeschrieben. *Isi hat eine Challenge gestartet: Das peinlichste Suglie ever. Sie hat mich nominiert und ich nominiere Josh.* Ich starrte das Bild ungläubig an und las wieder und wieder ihren Kommentar.

»Yara«, wisperte ich durch die Tür, »du bist verrückt.« Und da lachte sie leise auf.

»Jaha, da hast du allerdings recht. Ich kann auch kaum glauben, dass ich das eben getan hab. Hast du noch einen Platz für mich in deiner Pinkelbude?«

»Yara?«

»Ja?«

»Du bist die beste Freundin, die man sich vorstellen kann.«

»Damit könntest du recht haben.«

Ich öffnete die Tür und blickte Yara an. Alles an ihr war echt und rein und wunderbar vollkommen.

»Danke«, sagte ich. Wir fielen uns um den Hals und schluchzten beide. Als die Eingangstür aufging, zog ich Yara schnell in meine Kabine und schloss hinter uns ab. Wir kicherten verzweifelt und blickten uns fassungslos an. Wie hatte es so weit kommen können? Wir dachten es beide gleichzeitig, lachten, starrten uns an, weinten, lachten wieder.

»Ich hab Angst, Isi«, sagte Yara schließlich. Sie war ganz blass geworden und ihre Augen groß und rund und voller Bestürzung. »Ich lieb Josh so sehr. Was denkt er wohl von mir, wenn er das Bild sieht?«

»Er denkt: *Was für ein verrücktes Huhn. Ich liebe sie.*«

»Ich weiß, dass er diesen Typen nicht ausstehen kann, der

mir da an die Hose geht. Ich hab Josh nichts davon erzählt. Wenn er ....« Plötzlich wimmerte Yara. Ich nahm sie in den Arm und strich ihr sanft über den Rücken. Himmel. Es schien, als hätten wir unsere Rollen getauscht. Yara war es, bei der wirklich etwas auf dem Spiel stand. Ich hatte es mir mit Matteo ohnehin verdorben. Aber Yara ...

»Das ist doch schon ein Jahr her. Und es war Fasching. Josh ist 'ne coole Sau, der lacht bestimmt darüber.« Sicher war ich mir allerdings nicht.

Wir standen eine Ewigkeit in der Kabine, hielten uns aneinander fest wie Ertrinkende. Dabei war ich ja schon längst untergegangen und strampelte wie eine Blöde, suchte das Loch in der Eisdecke über mir. Diese Riesen-Scheiß-Angst. Ich wusste gar nicht, wovor ich mich mehr fürchtete: davor, dass Matteo und all die anderen mich für immer ächteten, oder nun davor, dass Josh Yara abservierte.

Bing, machte mein Handy. Wir drückten unsere Hände ganz fest. Dann blickten wir auf das Display. Josh hatte tatsächlich auch ein Foto gepostet. Es war aus seiner Pickel-Hochphase. Sein Gesicht war mit roten Pusteln übersät. Es sah furchtbar aus. Er grinste dämlich in die Kamera und hielt eine Postkarte von Frankenstein neben seine Visage. Darunter sein Kommentar: *Danke für diese nette Nominierung, meine Perle. Für dich mach ich mich doch gern zum Affen. Ein Hoch auf Clerasil. Ich nominiere Latifa. Bitteschön.* Yara schrie auf vor Freude und hüpfte auf der Stelle herum.

»Boah, er macht mit! Ich lieeeeebe ihn.«

»Hey, da hast du wirklich Glück.« Yara sah mich an und zog eine Augenbraue hoch.

»Mal ehrlich, Isi, du hast doch längst deinen Traumprinzen

gefunden, der alles für dich tun würde und auch schon tut. Aber gerade trittst du das Glück mit Füßen, du dumme Pute.«

»Leider hast du recht. Und jetzt hab ich's endgültig vermasselt.«

»So ein Quatsch. Der wartet nur auf ein Zeichen von dir.«

»Ich fürchte, ich bin zu weit gegangen.«

Bing! Lenny hatte einen Kommentar geschrieben. *Hey, wer nominiert den Meister der Fettnäpfchen und Wirkungstrinker?* Ich warte.

Bing. Latifa hatte auch ein Foto gepostet. Ihre Augen waren darauf rot unterlaufen und glasig. Sie hielt eine Wodkaflasche in der Hand, über deren Hals ein Kondom gestülpt war. Himmel. Darunter der Kommentar: *Ja, ich habe es getan. Nein, nicht das ... ich habe dieses Teufelszeug probiert. Es ist widerlich. Ich nominiere dann also Lenny, den Fettnäpfchenkönig.* Und der parierte sofort. *Bing.* Ein Foto von ihm, mit Schnuller im Mund, wie er mit nichts als einer Windel und einem Lätzchen bekleidet auf einem Tisch tanzt.

»Hey«, sagte Yara, »das war doch bei dir zu Hause, die Pyjamaparty.«

»Ja, du hast recht. Und Mohammed hatte ein Tischfeuerwerk gezündet, das gar keins war, sondern so eine Fontäne für draußen. Papa musste danach die Decke neu streichen und über den Löchern im Teppich stehen jetzt Topfpflanzen.« Wir kicherten.

Coole Challenge, Isi, schrieb Lenny. *Da bin ich doch mal gespannt, was Matteo postet, den ich hiermit nominiere.* Dazu ein Teufelchen-Emoji. Wir verstummten schlagartig. Yara drückte meine Hände, um mir Mut zu machen. *Bitte, Matteo,* dachte ich, *bitte verzeih mir und mach mit. Ich weiß, ich hab mich endbescheuert benommen, aber bitte mach mit.* Wir warteten. Es klingelte zur Pause. Die Türen wurden aufgerissen. Es wurde gegackert und getratscht. Mädchen pinkelten in den Nebenkabinen. Der Rauch einer Zigarette quoll durch die Ritzen. Jemand rüttelte an unserer Tür. Schlösser klackten. Spülungen spülten. Wir rührten uns nicht, standen da, hielten uns an den Händen, sahen uns an, warteten. Es läutete erneut. Fünf Minuten waren vergangen. Der Krätzer würde nun die Klasse betreten, den leeren Tisch bemerken und nach uns fragen. Er würde einen Eintrag ins Klassenbuch vornehmen und mit dem Unterricht beginnen. Und Matteo? Was der wohl dachte? Hatte er mich wirklich schon abgehakt?

Bing. Wir starrten gebannt auf das Display. Ein Kommentar von Josh. *Hey, Matteo, wo auch immer du gerade steckst: dein Typ ist gefragt. Komm schon!*

»*Wo auch immer du gerade steckst?*«, las Yara laut. »Aber der war doch eben noch da.«

»Ich kapier's auch nicht.« Aber eigentlich kroch eine düstere Ahnung in mir hoch. Hatte mein Foto ihn so verletzt, dass er abgehauen war, um mir nicht mehr begegnen zu müssen?

»Komm, Isi, wir gehen jetzt zurück in die Klasse, ja?«

»Ich kann nicht.«

»Doch, natürlich kannst du. Die Challenge läuft und es haben schon einige mitgemacht. Das reicht doch erst mal.«

»Yara, du weißt, worauf ich warte.« Sie nickte.

»Okay, dann geh ich jetzt zurück. Und wenn ich was über Matteo erfahre, dann schick ich dir 'ne Nachricht.« Yara drückte mich noch einmal fest an sich, öffnete die Kabinentür und ging. Ich schloss sofort hinter ihr ab und hockte mich auf den Klodeckel. *I'd catch a grenade for ya.* Mama rief an. Auch das noch. Ich drückte sie weg. *Bing.* Gleich darauf kam eine Nachricht von ihr. Ich öffnete sie widerwillig.

Isabelle, was soll das? Wo bist du? Warum schickt Kim mir so etwas? Oh mein Gott, melde dich bitte. Ist das der Typ, der dich fast … Ich versuche es jetzt erst mal bei Frau Brixmann. Wenn du nicht in der Schule bist, ruf ich die Polizei. Melde dich doch!!!

Nein, nein, nein. Kim hatte es tatsächlich getan. Diese miese Ratte! Wie konnte sie nur, verdammt. Die Brixmann war unsere Direktorin. Sie würde natürlich sofort zum Krätzer zischen und dann … *Bing.* Eine Nachricht von Yara. *Die Brixmann hat dich gesucht. Deine Mutter? Hab ihr gesagt, dass dir kotzübel ist und du auf dem Weg nach Hause bist. Gut?*

Ja, schrieb ich zurück. *Und Matteo?*

Ist weg und hat sein Zeug dagelassen. Keiner weiß was.

Was hatte das denn zu bedeuten? Es war zum Verrücktwerden. Ich öffnete die Tür, schlich hinaus auf den Flur, durch das Schulhaus und schnell auf die Straße. Es goss in Strömen.

Als ich vor Matteos Haus stand, wusste ich sofort, dass er nicht da war. Sein Rennrad hing nicht an seinem Platz. Das konnte ich durch das Fenster sehen. *Bing*, machte mein Handy. *Gruß von Matteo. Er hat gerade sein Phone nicht zur Hand. Ich poste für ihn.* Die Nachricht im Klassenchat war von … KIM! Was zur Hölle …? Und dann kam das Foto. Ich musste mich an die Wand lehnen, so schwindelig wurde mir. Auf dem Bild war tatsächlich Matteo zu sehen. Er lag auf einem zerwühlten Bett, von dem er sich gerade hochraffte, hatte ein zerrissenes T-Shirt an und sperrte die Augen auf wie jemand, der gerade erwischt worden war. Und als ich genau hinsah und die Stelle vergrößerte, konnte ich sehen, dass sein Hosenstall aufstand. Darunter ein Kommentar von Kim: *Matteo nominiert mich.* Und gleich darauf folgte ein weiteres Foto. Kim in Spitzenunterwäsche, mit einem durchsichtigen Negligé darüber auf demselben Bett, perfekt geschminkt und die Haare kunstvoll zerzaust. Ihr Kommentar: *Uuups!* Ich musste mich setzen. Neben der Haustür stand ein kaputter Klappstuhl. Ich ließ mich darauf sinken und vergrub mein Gesicht in den Händen, die eiskalt und nass waren wie tote Fische. Das konnte einfach nicht sein! Matteo? Kim? Unmöglich. Es war einfach unmöglich. Ich fuhr mit den Händen über mein Gesicht, als könnte ich den Albtraum damit wegwischen, und sah mir die Bilder noch einmal an. Was war das überhaupt für ein Bett? Bei Kim zu Hause konnte es nicht sein. Es sah superedel aus, mit glänzender Satinbettwäsche und drum herum standen und hingen lauter unpersönliche Gegenstände wie in einem Hotel: ein Nachttisch mit Lampe, ein Wecker, ein gerahmtes Bild von einer Welle. Nicht mal ein Foto oder ein Buch. Alles strahlte sterile Anonymität aus. Himmel, das *war* ein Hotelzimmer. *Bing.* Yara. *Ich glaub es nicht. Isi. Das muss fake sein. Ich glaub es nicht!!!*

Bing. Kim ist raus, schrieb Lenny im Klassenchat. *Der Administrator hat gehandelt, hugh.* Er hatte sie aus dem Klassenchat ausgeschlossen. Aber es war zu spät. Diese Bilder waren schlimmer als alle vorherigen. Und ich hatte sie gesehen. *Bing.* Eine Nachricht von Matteo. Mein Herz klopfte schneller. *Isi,* stand da, *Matteo hat sein Handy liegen lassen. Du kannst ihn leider nicht erreichen. Lenny.*

Ich sackte zusammen. Dann stimmte der erste Teil von Kims Post tatsächlich. Was war mit dem entscheidenden Rest? *Bing.* Yara. *Isi, wo bist du? Geht's dir gut? Ich hab auf*

KimGalaxy geguckt. Die hat doch echt den Arsch offen, diese … Dazu ein Totenkopf-Emoji.

Ich öffnete Kims Account. Und tatsächlich! Sie hatte das Foto von Matteo auch auf *KimGalaxy* gepostet, also öffentlich, allerdings mit kleinen Veränderungen. Sie hatte ihn dermaßen aufgepimpt, dass er aussah wie direkt vom Cover eines Männermagazins in ihr Bett geplumpst. Seine Haut war ebenmäßig, die grünen Augen leuchteten wie kleine Verkehrsampeln und seine Oberarme schienen doppelt so muskulös wie zuvor. Die roten Haare hatte sie dunkel gefärbt und aufgefüllt. Darunter ein Kommentar. *Wer hat sich denn da verirrt? Pattinson?* Es war einfach widerlich. Während ich noch angeekelt auf das Display starrte, quietschten neben mir Fahrradbremsen. Matteo. Ich fuhr hoch. Er starrte mich an wie eine Erscheinung. Nicht wie die *Erscheinung* Kim, sondern wie eine geisterhafte Erscheinung, vor der man zurückschreckt.

»Isi?! Was machst du hier?« Er schwang sich vom Rad und lehnte es an die Wand. Er hatte einen Kratzer quer über der einen Wange und war genauso pitschnass wie ich. »Warum bist du nicht in der Schule?« Ich musste lachen, es war zu absurd.

»Bist du mein neuer Papa oder was? Hast du jetzt den Scheißpaul abgelöst?« Ich spürte eine unbändige Wut in mir hochkriechen. Sie quoll aus mir heraus wie eine Wolke giftiger Abgase. »Ach nein«, keifte ich weiter, »ich vergaß. Du teilst ja jetzt das Bett mit meiner *guten Freundin* Kim.« Er wich ein paar Schritte zurück.

»Isi? Hast du was genommen? Bist du etwa sauer auf MICH?« Ich hatte ihn noch nie so wütend erlebt. »Bist du jetzt völlig verrückt geworden? Was spinnst du dir eigentlich zusammen in deinem hübschen Köpfchen, hä? Ich reiß mir den Arsch auf für dich und alles, was dir dazu einfällt, ist dieser hirnrissige Bullshit?« Er ließ mich stehen und öffnete die Haustür. Er blickte mich verzweifelt und tief verletzt an. Dann schmiss er die Tür zu. Eine Sekunde später zerrte er sie wieder auf, stob auf mich zu, griff nach seinem Rennrad und zerrte es ins Haus hinein. Die Tür knallte ein zweites Mal in die Angeln. Ich sah sie fassungslos an. Was zur Hölle war das denn gewesen? Ich war kurz davor durchzudrehen. Nichts stimmte mehr, gar nichts. Und dann wurde mir flau und schwarz vor Augen und ich kippte einfach um.

31

Als ich wieder aufwachte, lag ich in meinem Bett und Dr. Helmstedt horchte mich ab. Mama und Papa standen daneben und weinten beide, als wäre ich gerade gestorben. Oder war ich das tatsächlich? Hatte ich vielleicht so ein Nahtoderlebnis und sah mich selbst daliegen?

»Mama?« Ich konnte mich jedenfalls hören. Und Mama konnte es auch.

»Ja, mein Schatz?« Sie warf sich auf mein Bett und drückte mich an sich wie jemand lang Verschollenen. Ich blickte an ihr vorbei. Und da erkannte ich Matteo, der im Türrahmen lehnte. Er war ganz bleich und wunderschön. Ich lächelte, ohne darüber nachzudenken, was zuletzt geschehen war. Er nickte ernst und ging einfach hinaus, wortlos.

»Na, da hat sie noch einmal Glück gehabt«, sagte der Doktor. »Sie sollte vorerst in die Klinik.«

»Ist das wirklich nötig?«, fragte Papa.

»Es ist eine Empfehlung«, sagte Dr. Helmstedt und sah Papa über den Rand seiner Brille hinweg ernst an. »Die Entscheidung liegt bei Ihnen.« Und wer fragte mich? »Ich würde raten, sie eine Weile zwangsernähren zu lassen, um den Organismus zu stärken.«

»Was?« Ich krächzte wie ein verendender Papagei. Mama beugte sich über mich.

»Isabelle, beruhig dich. Du musst unbedingt …«

»Nein«, hustete ich hervor. Mama hielt mir ein Glas Wasser hin, das ich gierig austrank. »Ich hasse Diäten«, brüllte ich. Alle starrten mich an. Ich setzte mich im Bett auf. »Ja, es ist wahr.« Da war sie wieder, meine alte Stimme. »Ich hasse Diäten, und ich hasse Kim, und ich habe Hunger.« Mama quietschte wie ein glückliches Baby und sprang sofort auf.

»Ich mach dir was.« Und schon fegte sie aus dem Zimmer.

»Das freut mich sehr«, sagte Dr. Helmstedt und packte sein Stethoskop ein. »Wer ist diese Kim?« Beinahe hätte ich *Galaxy* gesagt.

»Kim Dornberg, eine Klassenkameradin.« Es klang fremd. Dr. Helmstedt hob die Augenbrauen.

»Oho«, machte er. »Und sie ist deine Freundin?«

»Nicht mehr«, sagte ich. »Ach was, sie war es nie.«

»Gut gut«, sagte er.

»Kennen Sie Kim?«

»Nur flüchtig.« Dr. Helmstedt ließ seine Tasche zuschnappen und stand auf. »Ihr Bruder spielt doch bei Sankt Pauli. Hatte mal 'ne Lungenentzündung. War bei mir in Behandlung.«

»Kim hat keinen Bruder.«

»Nicht?« Er hielt einen Moment inne und sah mich nachdenklich an. »Na dann, gute Besserung, Isabelle. Pass auf dich auf.« Und weg war er. Papa strich mir über den Kopf.

»Meine Hamsterbacke, ich hätte dich fast nicht erkannt.« Er blickte mich traurig an. Es kam mir so merkwürdig vor, dass er hier neben mir saß, als ob nichts gewesen wäre. Einerseits hatte ich eine Stinkwut auf ihn, denn ohne seine Tokio-Nummer wäre mir viel erspart geblieben, andererseits hätte ich mich am liebsten an seinen Hals geworfen und ihn nie mehr losgelassen. »Was ist nur geschehen?«, fragte er verstört.

»Ein paar Planeten haben ihre Umlaufbahnen verlassen«, sagte ich nachdenklich.

»Und ich bin einer davon?«

»Hm.«

»Dabei kreise ich immer noch um dich.«

»Aber weiter entfernt.«

»Ja, ich hab's wohl unterschätzt.« Er blickte nachdenklich auf ein Foto, das gerahmt an der Wand hing. Wir, zu dritt im Schnee liegend und mit den Armen Engelsflügel wedelnd. »Du fehlst mir auch«, sagte er. Ich zeigte zum Käfig.

»Kannst du mir Lilly geben?« Papa nahm das Kaninchen heraus und setzte es auf meine Bettdecke. Es tat gut, Lillys weiches Fell zu spüren. »Sie war auch 'ne Weile weg«, sagte ich, »aber nun ist sie wieder zu Hause.«

»Verstehe«, sagte Papa und streichelte Lilly. »Immerhin ein Planet ist in seine Umlaufbahn zurückgekehrt.« Ich nickte.

»Und wie ist Tokio?«, fragte ich. Papa stöhnte.

»Laut, voll, verrückt.«

»Verrückt ist gut.«

»Na ja, ich weiß nicht. Auf der Straße tragen viele Menschen einen Mundschutz, weil die Luft so schlecht ist. Wirklich gruselig. Man sieht nur die Augen und nie ein Lächeln. Und es gibt sogar Stationen, an denen man frische Luft kaufen kann, Sauerstoffbars.« Dann stimmte es also, dachte ich. Kim hatte die Wahrheit gesagt.

»Kim kennt dort jemand mit einem Salon, da könnte sie modeln. *Seventh Heaven* heißt der.« Papa schnappte nach Luft.

»Seventh Heaven? Modeln? Isi, das ist eine stadtbekannte Tabledance-Bar. Da wird alles gemacht, nur nicht ernsthaft gemodelt. Diese Kim will da doch hoffentlich nicht hin, oder?«

Ich schüttelte den Kopf, aber insgeheim hätte ich ihr gerne genau das vorgeschlagen.

»Und Lara?«, fragte ich.

»Lass uns über dich reden«, wich Papa aus. »Was ist passiert, während ich weg war?«

»Ich hab eine Diät gemacht.«

»Das sehe ich.« Seine Augen wurden feucht. »Und hatte sie den gewünschten Effekt?«

»Nein«, sagte ich aus tiefstem Herzen, denn das war die traurige Realität. Papa nahm mich in den Arm und drückte mich so fest an sich, dass meine Knochen knackten und ich kaum noch Luft bekam.

»Dieser Typ auf dem Foto, wer ist das?«

»Der ist eigentlich nett. Wir haben so ein dämliches Spiel gespielt …«

»Moment mal, du findest ihn *nett*?« Papa schob mich ein Stück von sich weg. »Er fasst dir an … Also, er hat dich doch beinah–«

»Stopp, doch nicht Kuddel. Der war nur hacke und verpeilt. Zac hieß der notgeile Asi, der neulich nachts …« Ich sprach immer leiser. »Na, du weißt schon.«

»Was? Es gab zwei?« Papa sprang auf. »Hast du die alle im Internet kennengelernt?«

»Lange Geschichte, Papa.«

Mama schwebte mit einem Tablett herein.

»Es ist angerichtet«, flötete sie. »Pilzrisotto auf Süßkartoffel-Pürree und dazu eine Himbeer-Vanille-Mousse nach Art des Hauses.« Sie legte mir das Tablett in den Schoß. Das Essen roch köstlich.

»Und du hast die einfach so getroffen? Nachts? An der Elbe?« Papa raufte sich die Haare.

»Ich hab doch gesagt: Is 'ne lange Geschichte.«

Bing, machte es in der Hose, die neben dem Bett lag. Mama holte mein Handy heraus und reichte es mir mit besorgter Miene. Ich wusste, dass sie an Kim dachte. Papa lehnte sich über mich und versuchte, auf das Display zu sehen. Ich drehte mich weg. Es war eine Nachricht von Suri, im Klassenchat. *Da Kim niemanden nominiert hat, mache ich einfach weiter.* Auf dem Foto streckte Suri ihren Po in die Kamera. Die Jeans spannte darüber wie eine Wurstpelle und war mitten im Schritt eine Handbreit aufgerissen. Suri blickte zwischen ihren Beinen hindurch und streckte die Zunge heraus, sodass man ihr bis in den Rachen gucken konnte. *Ich nominiere Anouk.* Aber da war auch noch eine ältere Nachricht von Yara. *Ich warte auf dich … du weißt schon wo.* Ich blickte sofort zur Dachluke. Der Regen prasselte auf das Fenster, als würde jemand eine Kiste Nägel ausschütten. Mehr war nicht zu erkennen. Doch halt, da war etwas Kleines, in der linken unteren Ecke des Fensterrahmens, etwas Goldenes … der Lippenstift, *unser* Lippenstift. Yara musste da sein. Saß sie etwa da oben in dieser Sintflut? Himmel.

»Ich ess das jetzt in Ruhe«, sagte ich ungeduldig. »Könnt ihr bitte rausgehen?« Mama sah mich zweifelnd an.

»Isabelle, ist das wieder ein Trick? Schüttest du das Essen dann ins Klo?«

»Nein, das werde ich nicht tun. Ich liebe dieses Essen. Ich

möchte nur ein wenig allein sein.« Mama fixierte mich sekundenlang. Ich spürte, wie es in ihr kämpfte. Dann stand sie auf, lief zur Badezimmertür, schloss sie ab und nahm den Schlüssel heraus. Sie blickte mich entschuldigend an. »Nur, um ganz sicherzugehen.«

»Schon okay«, sagte ich.

»Wir sprechen uns noch«, sagte Papa.

»Ja«, sagte ich, »zum Glück gibt es ja Skype.«

»Jetzt lass sie doch erst mal essen«, sagte Mama und zog Papa aus der Tür. Und dann war ich endlich allein. Kaum fiel die Tür ins Schloss, öffnete ich die Dachluke. Der Regen peitschte mir entgegen.

»Yara?« Ein klitschnasses Gesicht mit schrumpeligen Lippen und Gänsehaut schob sich über den Fensterrand.

»E..end …lich«, bibberte Yara und kroch in mein Zimmer.

»Warum hast du denn nicht geklingelt?«

»Klingeln? Na hör mal.«

»Zieh dich sofort aus, du verrücktes Huhn«, sagte ich. »Leider ist das Badezimmer abgeschlossen, aber ich geb dir einfach etwas anderes zum Abtrocknen.«

»Abgeschlossen?« Yara schlüpfte aus den nassen Chucks.

»Hm«, machte ich, »wie im Knast. Ich darf nur in Begleitung zum Lokus.«

»Warum das denn?« Yara strich Lilly zur Begrüßung über das Fell. Sofort schüttelte sie sich und lief in eine andere Ecke.

»Ach, Yara«, sagte ich, »hier ist jetzt alles anders. Mama dreht ständig durch. Papa ist nur *zu Besuch*, alles stinkt nach Desinfektionsmittel, Kims Tick, und ich bin das Monster, das Essen im Klo runterspült und wie ein Zombie einer Endirren hinterherwest. Ein echter Horrorstreifen.«

»Aber das Essen riecht total lecker.« Yara nickte in Richtung des dampfenden Risottotellers. Ich lächelte.

»Das halb volle Glas, ich versteh schon.«

Sie zeigte mir den hochgereckten Daumen und kniff übertrieben ein Auge zusammen. Sie tropfte immer noch.

»Dann raus aus dem nassen Fummel«, sagte ich. Und während Yara die Kleider ablegte, sah ich mich im Zimmer um. Kein Handtuch weit und breit. In einer Ecke lag noch die zerrissene Chanel-Bluse von Kim und auf *ihrem* Regalbrett zwei Shirts. Ich raffte die drei Sachen zusammen und reichte sie Yara.

»Hier, zum Abtrocknen.« Yara hob die Bluse mit zwei spitzen Fingern in die Höhe.

»Neee, mit der würde ich mir nicht mal den Hintern abputzen.« Sie warf sie in den Mülleimer zu den Jeansfetzen und die zwei T-Shirts gleich hinterher. »Gib mir einfach was von dir, zum Überziehen.« Und nachdem sie sich eine Hose und einen Pulli von mir übergestreift hatte, blickten wir beide zu *Kims* Regalbrett, beziehungsweise ihren Brettern. Sie hatte sich schon über alle drei Etagen ausgebreitet.

»Denkst du auch, was ich denke?«, fragte Yara. Ich nickte. Und dann nahmen wir ein Teil nach dem anderen vom Bord und warfen es im hohen Bogen in den Mülleimer. Einen Deostift. *Klonk.* Einen rosa Lippenstift. *Klonk.* Eine Dose Haarspray. *Pling.* Einen Lipliner, Foundation, Contour Powder, Concealer, Blender, Eyeliner, Bronzer, Highlighter, Baking Powder, Conditioner, Eyebrows. *Klonk, klonk, klonk, klonk, klonk.* Und zu guter Letzt drei Fläschchen Desinfektionsmittel. *Klonkediklonk.* Yeah!

»Da kann man ja direkt einen Salon mit aufmachen«, sagte

Yara. »Würde mich mal interessieren, wie sie unter diesem ganzen Zeug aussieht.«

»Du wirst es nicht glauben, aber ich weiß es auch nicht. Sie schläft sogar geschminkt. Dann schließt sie sich morgens im Bad ein, hobelt den alten Anstrich runter und spachtelt den neuen drauf.«

»Wahrscheinlich hat sie Angst, dass du nachts ein Foto von ihr machst und es ins Netz stellst.« Yara lachte. Ich lachte mit, aber ganz tief in mir drin spürte ich, dass genau das die Wahrheit war. Und da rumorte noch eine andere Empfindung in mir, die mich verblüffte: Ich hatte tatsächlich Mitgefühl mit Kim. Das war einfach verrückt. Aber ich musste an ihren Säufervater denken, die Mutter, die einfach abgehauen war, und die miese Situation, in der sie sich befand.

»Wie hat sie wohl das Foto von Matteo hinbekommen? Kann man da was zusammenkopieren?«, fragte Yara. Matteo. Hatte er mich nach Hause getragen? Warum war er mit Kim in dem Hotel gewesen? Und was war dort passiert? Ich starrte Yara an.

»Du willst ihn immer schützen«, sagte ich.

»Schützen?« Sie lachte. »Wenn ich jemand schützen will, dann dich. Matteo ist gut sortiert. Aber du bist auf dem Kamikaze-Kurs … gewesen, hoffe ich.« Ich wollte nicht widersprechen, war ja selbst nicht sicher, was stimmte, wohin ich unterwegs war und welches Geheimnis Matteo hütete.

»Ich wünschte, es wäre alles so wie zuvor«, sagte ich.

»Was? Wie wann?«

»Alles. Wie vor der Diät, vor Kim, bevor sich *die Dinge geändert haben.*« Yara nahm mich in den Arm. Tropfen aus ihren nassen Haaren fielen auf meine Schultern.

»Wir machen einfach genau da weiter, wo wir damals aufgehört haben«, sagte sie.

»So einfach ist das nicht, Yara. Ich hab zu viel kaputt gemacht.«

»Ach was. Das lässt sich alles wieder einrenken. Ich schwör's.«

»Wie kannst du das schwören?«

»Weil ich's kann«, sagte Yara bockig. »Und jetzt iss erst mal dein leckeres Essen. Es duftet köstlich.« Sie nahm den Teller mit Risotto und stellte ihn auf den Schreibtisch. Dann schob sie den Stuhl zurecht und machte eine Handbewegung, damit ich mich setzte.

»Ja, Schwester Yara.« Ich kostete das buttrige Risotto, Löffel für Löffel. Es schmeckte himmlisch. Und mein Magen füllte sich rasend schnell. Schon nach einigen Löffeln konnte ich einfach nicht mehr und schob Yara den Teller hin. »Ich muss langsam anfangen«, sagte ich. »Iss du weiter.« Kurz kämpfte sich ein Ekelgefühl durch den wohlig warmen Brei in meinem Magen. Aber ich beschloss, ihm keinen Raum zu geben. Ich stellte mir einfach vor, der Ekel sei Kims Teufelchen, das mich beeinflussen wollte, und kämpfte ihn nieder, ließ ihn auf halber Strecke verkümmern und setzte ihm ein behagliches Schnurren entgegen. »Hmmmm«, machte ich trotzig, »ich liebe es.«

Bing. Anouk hatte auch ein Foto gepostet. Wir schrien auf. Das Bild kannten wir bereits. Anouk drohte damals mit Erwürgen und Vergiften, wenn wir es jemandem zeigen sollten. Wir waren beim Montagsschwimmen gewesen. Anouk hatte eine Arschbombe gemacht, die ihr das Höschen bis zur Brust hochgezogen hatte. Das Oberteil war völlig verrutscht und hing ihr lose am Hals. Anouk hielt ihre Hände über die Brüste und hatte den Mund zu einem Schrei aufgerissen. Yara machte damals den Schnappschuss.

»Sie hat es tatsächlich getan«, kreischte Yara. »Und was hat sie geschrieben?« Ich las laut.

»*Wenn einer von euch Vollpfosten das weiterleitet, kann er sein Testament machen. Und ich finde, ich darf dafür zwei von euch nominieren, Jasper und Helen.*« Dahinter hatte sie ein Faust-Emoji gepostet.

»Wenn das nicht echte Freundschaft ist«, jubelte Yara. »Sie hätte mir damals fast die Augen ausgekratzt, als ich so tat, als würde ich es posten.« Yara sah mich an und ihr Blick war feurig und voller Leben. »Isi, sie machen alle mit.«

»Ja«, sagte ich gedrückt.

»Das mit Matteo wird sich aufklären. Wart's nur ab. Der war die ganze Zeit ein Häufchen Elend. Der muss sich erst mal wieder fangen.«

»Bei Kim oder was?«

»Ruf ihn doch einfach mal an, Isi. Immerhin hat er dich ja hierhergeschleppt.«

»Woher weißt du das?« Yara zeigte mir das Display ihres Handys, auf dem sie eine Nachricht öffnete. *Yara, Isi ist umgekippt, vor meiner Tür. Ich hab sie nach Hause gebracht. Ich glaub, sie braucht dich jetzt. Matteo.*

»Vom Handy seiner Mutter geschickt«, sagte Yara.

»Auf der Party rede ich mit ihm, morgen«, sagte ich.

»Welche Party?«

»Meine Party.«

32

Am nächsten Morgen war Kim zum Glück nicht da, als ich die Klasse betrat. Yara hatte mich abgeholt, als *persönlicher Bodyguard*. Auf dem Weg hatten wir über Matteos Nachricht gesprochen, die er in der Nacht gepostet hatte und in der er Kims Fotos als Fake betitelte. Ich wusste nicht recht, was ich davon halten sollte. Immerhin hatte er sie getroffen. Warum? Alle Augen richteten sich auf mich, als wir den Klassenraum betraten. Ein riesiger stummer Vorwurf lag in der Luft. Die meisten hatten inzwischen ein peinliches Foto gepostet und die Stimmung war dementsprechend angespannt. Wir waren nun eine Art Schicksalsgemeinschaft. Sollte nur einer ausbrechen und die Fotos öffentlich machen oder an andere weiterleiten, würde das ganze labile Gefüge auseinanderkrachen wie ein baufälliges Hochhaus, das man absichtlich durch einen einzigen Sprengsatz zum Einsturz brachte. Es war unheimlich ruhig im Klassenraum. Alle blickten verstohlen umher. Jeder schien darauf zu warten, dass etwas Schlimmes passieren würde. Einigen war anzusehen, dass sie inzwischen ihre Entscheidung bereuten, für eine *Abtrünnige* ein so hohes Risiko eingegangen zu sein. Helen hatte rot verheulte Augen. Dabei war ihr Foto, auf dem eine unvorteilhafte Pose einige Speckröllchen auf ihren Hüften zeigte und sie dämlich grinste, eines der harmlosesten gewesen. Sie hatte aber auch den strengsten Vater der ganzen Klasse und durfte fast nie zu unseren Partys kommen. Latifa war kreidebleich. Ich wusste, dass sie wegen ihrer Religion keinen Alkohol trinken durfte. Die Eltern waren zwar ziemlich entspannt, aber das Foto mit der Wodkaflasche würde ihnen wohl bitter aufstoßen, noch dazu mit Kondomverschluss. Auch Mohammed hatte *nur* ein Foto gepostet, auf dem er den Kopf im Schoß eines Mädchens liegen hatte, aber wir wussten alle: für seine Eltern wäre schon das der Supergau. Mir wurde ganz mulmig. Viele hatten mit ihrer Teilnahme an der Challenge etwas riskiert. Und das nur, um mir zu helfen … und natürlich, um nicht als feige Spielverderber einen Shitstorm auszulösen. Ich ging still zu meinem Platz. Alle Augen folgten mir.

»Danke«, würgte ich hervor. Ich fühlte mich miserabel. Und Matteo war nicht da. Das tat besonders weh. Endlich durchbrach Lenny die angespannte Stille.

»So, ihr Hosenscheißer, hier spricht der Klassensprecheroberfutzi. Ich finde, jetzt haben wir uns genug gegeißelt, und ich bin froh, euch jetzt noch besser zu kennen.« Er zwinkerte Anouk zu, die sofort rot wurde, und machte eine Frankensteinmiene, während er Josh ansah, der verhalten lachte. »Fast alle haben die Hosen runtergelassen, sozusagen.« Er hopste auf einen Stuhl, öffnete seinen Gürtel und tat so, als ob er die Jeans abstreifen wollte, ließ aber lachend davon ab. »Verdammt, jetzt wird keine Trübsal mehr geblasen. Da gibt es Besseres.« Er ließ die Hüften kreisen. »Wir sind doch 'ne echt geile Gemeinschaft, oder? Wo gibt's denn so was?« Einige johlten zustimmend, andere trommelten auf die Tische. Dann sah Lenny mich an. »Isi, du Kamikaze-Möchtegerntussi, ich glaub, ich spreche für uns alle, wenn ich sage: Die, deren Namen nicht genannt werden darf, ist besiegt. Die Möpsegrapscher der dunklen Lady haben ausgedient …« Er sprang vom Stuhl, kam auf mich zu und umarmte mich. »Wir Schlammblüter haben dich endlich wieder. Applaus, bitte.« Endlich platzte die Peinlichkeitsblase mit einem lauten Knall und alle schrien begeistert und klatschten. Josh hielt mir die Hand hin und ich schlug ein. Anouk umarmte mich lange. Latifa fasste mich vorsichtig an, als könnte ich mich in Luft auflösen. Dann lächelte sie selig.

»Danke, Lenny«, brüllte ich über den Lärm hinweg. »Ich danke euch allen.« Yara seufzte in einem fort und formte ein Herz mit ihren Fingern.

»*Wenn ich du wäre*«, sagte Lenny, »dann würde ich eine Party machen und uns alle einladen.« Wieder Gejohle. Hatte Yara ihm was gesteckt? In dem Moment kam Matteo herein. Er blickte sich irritiert um, sah mich für den Bruchteil einer Sekunde an, scannte den Raum ab, die Freunde, die lachend und jubelnd um mich herumstanden, und schien nicht zu wissen, was er tun sollte. Josh ging zu ihm und redete auf ihn ein. Ich beobachtete Matteo genau. Er lächelte, fuhr sich durch das ungewohnt kurze Haar, klopfte Josh anerkennend auf die Schulter und ging zu seinem Platz. Aber er sah mich nicht an. Gerade als ich all meinen Mut zusammennehmen wollte, um zu ihm zu gehen, öffnete sich die Tür und die Brixmann höchstpersönlich kam herein, gefolgt von Tomanek, bei dem wir jetzt Musik hatten. Die Brixmann räusperte sich laut. Alle verstummten und setzten sich auf ihre Plätze.

»Wie schön, dass es euch allen gut geht. Ich möchte nur eine kurze Ansage machen.« Absolute Stille trat ein. »Ich muss euch leider mitteilen, dass Kim Dornberg die Schule gewechselt hat. Sie konnte sich bedauerlicherweise nicht mehr von euch verabschieden. Ich weiß, dass ihr eine besondere Klassengemeinschaft habt, und es ist sicher schwer, wenn ein Schäfchen aus der Herde ausbricht, oder sagen wir lieber, herausgerissen wird. Ich hoffe, der eine oder die andere kann trotzdem den Kontakt zu ihr halten.« Sie blickte mich an. »Falls es noch etwas *aufzuarbeiten* geben sollte ...«, sie zog das Wort *aufzuarbeiten* in die Länge wie ein besonders schwieriges Fremdwort, das sie kaum über die Lippen brachte, »dann könnt ihr natürlich jederzeit zu mir kommen.« Sie nickte mir zu, räusperte sich und fuhr leiser fort. »Ähm, durch ein Missgeschick ist uns offensichtlich die Telefonnummer von Familie Dornberg abhandengekommen. Vielleicht haben wir auch nur einen Zahlendreher abgespeichert. Falls also einer oder eine von euch«, wieder blickte sie mich direkt an, »die Nummer haben sollte, dann bitte ich darum, sie mir mitzuteilen.« Stille. Niemand reagierte. Die Augen von Frau Brixmann blieben starr auf mich gerichtet, wie fast alle Augen in diesem Raum. *Familie* Dornberg, dachte ich. Das klang wie Hohn. Von mir würde sie die Nummer sicher nicht bekommen. Ich war zwar froh, dass der ganze Spuk vorbei war, aber dennoch würde ich Kim keine weiteren Steine in den Weg legen. Sie war durch die letzten Wochen meines Lebens gepoltert wie ein Elefant im Porzellanladen. Aber tatsächlich hatte ich das Gefühl, dass sie selbst aus Glas war, aus kaltem, zerbrechlichem und extrem dünnem Glas, welches hinter einer Make-up-Schicht verborgen war, zur Tarnung. Und ich hatte nicht den blassesten Schimmer, was ein weiterer Stein bei ihr auslösen würde. Aber eines war klar: Es konnte nichts Gutes sein. Also schwieg ich beharrlich. Frau Brixmann wandte sich an den Tomanek. »Herr Kollege, Sie können dann fortfahren.« Und schon war sie abgerauscht. Ein leises Murmeln erfüllte den Raum. Wir blickten uns an wie Überlebende, die gerade aus einer lange währenden Geiselhaft gerettet worden waren. Die *dunkle Lady* war tatsächlich besiegt. Ein frischer Wind der Freiheit wehte durch das Klassenzimmer. Alle atmeten ihn lautstark ein und entließen ihn glucksend und seufzend aus ihren Lungen. Und das musste natürlich gefeiert werden. Ich war dran, keine Frage.

»Um 20 Uhr bei mir«, unterbrach ich das Gemurmel, »Motto: Scheiß auf Chanel! Bad taste forever.« Ich blickte zu Lenny. »Und bitte keinen Wodka. Ich hasse Wodka, bis ans Ende meiner Tage. Ach ja, Mohammed! Kein Tischfeuerwerk. Ich kann nicht noch mehr Topfpflanzen gießen.« Ich zwinkerte ihm zu und er parierte mit einem hochgereckten Daumen. »Und ich wünsche mir ein üppiges Büfett, Leute.« Ich klopfte auf das, was von meinem Bauch noch übrig war. Es kam mir zwar immer noch zu viel vor, aber ich ignorierte das kleine Teufelchen tapfer.

»Isabelle«, Tomanek meldete sich zu Wort. »Dürfte ich nun …?« Er hob seine Hände flehend in die Luft. »Nehmt bitte eure Notenblätter zur Hand: Qu'est ce qu'on attend pour être heureux. Coulais.« Wir standen alle auf, glücklich grinsend, als ginge es um ein Partyspiel. Und dann sangen wir so laut wie lange nicht mehr. Die Stimmung war bombastisch. Yara zwickte sich, um zu überprüfen, ob sie träumte oder ob das alles tatsächlich geschehen war. Tomanek hatte keine Chance. Er versuchte uns zu unterbrechen, zur Mäßigung aufzurufen. Zwecklos. Wir sangen um unser Leben und nichts konnte uns aufhalten. Es war berauschend. Die Wellen trugen mich endlich ans Festland. Ich spürte mich wieder. Easy war tot, lang lebe Isi. Und alle strahlten mich an. Nur Matteo, dessen wildes rotes Haar immer aus der Menge gestochen hatte, drückte sich in eine Ecke, als wollte er unsichtbar werden. Er schien tief in Gedanken versunken. Was war nur passiert? Wie kam es zu diesen Fotos von Kim? Josh fing meinen Blick auf, rüttelte Matteo am Arm und zeigte zu mir. Ich lächelte unsicher. Aber Matteo wirkte völlig abwesend, schien durch mich hindurchzusehen und bewegte mechanisch die Lippen zur Musik, ohne dass seine schöne Stimme zu hören war. Josh dagegen sang aus voller Kehle und schwenkte die Hände durch die Luft, als wollte er uns dirigieren.

»Was ist denn mit euch los?«, brüllte der Tomanek. Unser Gesang oder besser gesagt, das Gegröle, denn es klang doch eher wie im Fußballstadion, wenn St. Pauli ein Tor schießt, ebbte ab.

»Vorglühen«, rief Lenny, »Alkohol war gestern. Heute wird mit Coulais eingeheizt.« Alle lachten. Dass er den Namen des Komponisten noch wusste, wäre schon eine Anerkennung wert gewesen, aber der Tomanek sah ihn nur fassungslos an. Helen meldete sich.

»Ja«, sagte Tomanek dankbar.

»Es heißt doch auch: Worauf warten wir noch, um glücklich zu sein.«

»Ja und?« Tomanek stand so was von auf der Leitung.

»Qu'est ce qu'on attend pour être heureux«, frohlockte Helen, »unser Lied. Man könnte es doch als Aufforderung verstehen.« Sie lächelte aus ihrem Engelsgesicht und der Tomanek schmolz dahin und nickte blöde.

»Ah, ja, verstehe. So gesehen …«, dann fasste er sich wieder. »Nun gut, aber es soll ja auch schön klingen. Die Freude kann man auch in den Ausdruck der Stimme legen.« Er sang mit spitzen Lippen ein mildes *mimimi.* »Eure Lautstärke vermittelt eher einen Überschuss an jugendlicher Energie, die als Provokation verstanden werden kann. Und das wollen wir ja nicht erreichen. Denkt doch einfach an so etwas Schönes wie das Lächeln eines Babys oder …«

» …das Lächeln eines Babes«, vollendete Josh den Satz und blickte honigsüß zu Yara. *Vorglühen* traf die Stimmung ganz gut, denn viele Köpfe leuchteten rot und ich fühlte mich endlich wieder zu Hause. Es gab nur diesen einen Fehler: Während der ganze Hofstaat ausgelassen ein fröhliches Fest feierte, fehlte eine Hauptperson für das Happy End: der Prinz.

Immer wieder blickte ich zu Matteo hinüber, versuchte etwas in seiner Mimik zu entschlüsseln, den Kleeblattaugen eine Erklärung abzutrotzen. Aber selbst als Lenny ihm Grimassen schnitt, um ihn aus seinem Gedankennebel zu erlösen, hielt der böse Zauber an und seine Lippen kneteten auf Coulais' Worten herum wie auf einem faden Kauknochen.

33

Selbst Mama war im *Vorglüh-Modus*, als ich ihr die Party ankündigte. Und das, obwohl sie nicht mal eingeladen war. Sonst hielt sie mir immer eine Standpauke darüber, was erlaubt und was verboten war. Diesmal fiel kein Wort darüber. Wie eine Irre rannte sie durch das Haus, putzte, räumte, kochte und backte, während sie mir jedes Mal in die Wangen kniff, wenn sie mich sah. Man hätte vermuten können, es wäre *ihr* großer Tag gewesen. Ich hatte schon ganz rote Flecken, als es klingelte. Ich öffnete die Tür … und da stand Kim. Sie hatte schwarze Overknees an, knappe Ledershorts, eine kurze, mit Nieten besetzte Lederjacke, die den Bauchnabel freigab, und war düster geschminkt, wie eine Mischung aus Edel-Emo und Vamp. Himmel.

Die dunkle Lady.

»Du siehst scheiße aus«, sagte sie.

»Fällt dir nichts Neues ein?« Sie wollte sich an mir vorbei in die Wohnung schieben, aber ich hielt sie fest. »Bist du nur gekommen, um mir das zu sagen?« Meine Stimme bebte. Sie sah mich voller Verachtung an.

»Ich hol nur meine Sachen.« Sie befreite ihren Arm aus meinem Griff. Mama stand plötzlich neben mir.

»Oh«, sagte sie mit gespieltem Bedauern, »du meinst doch nicht etwa diese Faschingsartikel, die bei Isabelle im Regal lagen?« Kim schien verunsichert und blieb reglos stehen. »Die habe ich gerade entsorgt«, sagte Mama und zeigte auf die Mülltonne vor dem Haus, »sahen so billig aus.«

»Waaas?« Kim fiel komplett die Kinnlade runter, aber hallo. Doch dann fasste sie sich wieder und drängte erneut in die Wohnung. »Sehr witzig.«

»Kein Witz«, sagte Mama und hob einen mit Teig verschmierten Kochlöffel in die Höhe, ziemlich nah an Kims perfekt frisierte Haarmähne. Kim zuckte zurück. Während wir so dastanden, kam Frau Kollwitz, unsere Nachbarin, aus dem Haus, grüßte freundlich und leerte einen Eimer mit schmierigem Biomüll in die Tonne aus, auf die Mama gerade gezeigt hatte.

»Uuups«, machte ich. Und da drehte Kim sich auf ihren *Leg-mich-flach-Stiefeln* um und rauschte ab. Ich sah ihr nach, wie sie den Bordstein zum Laufsteg machte, ihre Haare über die Schulter warf und ihre Pobacken in den engen Ledershorts hin und her wackelten. Wo würde sie wohl hingehen? Und wer würde *ihr* beistehen? Keine Mutter jedenfalls. Aber ich hoffte, dass ihre Clique sie auffing. Dann fiel mir Jenny ein, die mich vor Kim gewarnt hatte. *Sie braucht immer jemanden, den sie mit in ihren Scheiß ziehen kann*, hatte sie gesagt. Und ich hatte ihr nicht geglaubt. Mama hielt mir die freie Hand hin und lachte.

»Sie meinte die Sachen in deinem Mülleimer, oder? Die sind noch oben.« Ich schüttelte ungläubig den Kopf. Dann schlug ich ein. Himmel. Mama war echt 'ne coole Socke.

34

Am späten Nachmittag kam Yara vorbei. Sie hatte eine riesige Tasche mit Kleidung und Schminkzeugs dabei.

»Wir gehen dann mal«, sagte Mama, aber erst, nachdem sie Yara überschwänglich begrüßt hatte. Sie wollte mit Papa ins Kino, den neuesten Film von Neurosen-König Woody Allen gucken. Paul würde auch mitkommen. Ich fragte lieber nicht, was das werden sollte, schob sie ungeduldig aus der Tür, um endlich mit Yara unseren Look für den Abend in Angriff zu nehmen und die Wohnung kunstvoll einzusauen. Um uns in Stimmung zu bringen, rollten wir tonnenweise Klopapier ab und drapierten es wie Girlanden kreuz und quer von Wohnzimmer bis Küche und hoch in mein Zimmer. Auf dem Dachboden fanden wir einen Stapel alter Bravos aus den 80er- und 90er-Jahren, die noch von den Vormietern stammen mussten. Wir trennten ein Plakat von *Take That* heraus, auf dem die Jungs noch milchbärtig in hässlichen Shorts und Boxhandschuhen posierten. Außerdem einen Starschnitt von David Hasselhoff im Feinrippunterhemd, mit Goldkettchen und Schmalzlocke. Die hängten wir in meinem Zimmer auf. Aufs Klo kam ein Plakat von Modern Talking, mit Dieter Bohlen im weißen Fummel und einem unmöglichen Busch auf dem Kopf. Kims Chanelbluse angelten wir aus dem Müll, rissen sie in Streifen, malten Buchstaben darauf und hefteten sie, wie auch die Jeansfetzen, mit Wäscheklammern an eine Leine, die als Wimpelkette quer durch das Wohnzimmer führte. Die Buchstaben ergaben den Werbespruch von Chanel N°5: YOU KNOW ME AND YOU DON'T. Und an eine Kleiderstange dekorierten wir alte Strickpullis und Cordhosen aus einer Flohmarktkiste. Paul hatte noch eine gruselige Krawatte beigesteuert, mit Paisleymuster. Die vorherrschenden Farben des Abends waren Braun und Beige. Argh!

»Wer zu gut aussieht, kriegt so ein Teil verpasst«, beschlossen wir.

Yara zog stolz einen Schokoladenbrunnen aus ihrer riesigen Tüte und stellte ihn mitten im Zimmer auf den Sofatisch. Mir wurde schon beim Anblick übel. Schokolade animierte das kleine Kim-Teufelchen in mir immer noch zu heftigen Ekelschüben. Ich kämpfte es mit einem langen Blick auf meine glückliche Freundin nieder, die gerade ihre Kleidertasche auskippte.

»Wo hast du das denn alles her? Bist du beim Kostümverleih eingebrochen?«

»Frag nicht«, sagte Yara, »sonst schäm ich mich für die Jugendsünden meiner Eltern.« Sie grinste und hielt einen neonpinken Stringtanga hoch. »Wenn du verstehst, was ich meine.« Ich pickte ihr den Tanga mit spitzen Fingern aus der Hand.

»Den nehm ich. Und darüber das hier.« Ich zog noch eine Jogginghose aus dem Haufen, die ihre besten Tage in den frühen 70ern gehabt haben musste. Sie war vollkommen ausgeleiert und hatte ein verwaschenes Batikmuster.

»Dein Ernst?« Yara quietschte vergnügt. »Dann musst du noch das dazu anziehen.« Sie hob ein knallgrünes Sportoberteil in die Höhe.

»Hey, das ist mindestens Körbchengröße D.«

»Jaha«, freute sie sich und drückte mir dicke Schulterpolster aus Schaumstoff in den Schoß. »Und damit kannst du's ausstopfen.«

»Die gucken doch an den Seiten raus.«

»Eben.«

Bing. Mein Handy meldete sich aus den Tiefen des Kleiderhaufens. Wir wühlten danach und spürten es in einem Hausschuh mit Löwenmähne auf. Lachend warfen wir uns in die Sofaecke und blickten auf das Display. Die Untote meldete sich. Kim hatte ein Foto von Caspar Mühlenbachs Grab gepostet. Ich erkannte es sofort. Aber statt des Namens von Jennys Vater prangte nun mein Name auf dem Grabstein. Yara starrte mich an. Das Kim-Teufelchen in mir lachte gehässig. Ich ertränkte es in stummen Beleidigungen und nahm eine merkwürdige Gelassenheit an mir wahr.

»Das geht zu weit«, sagte Yara.

»Sie war vorhin hier«, sagte ich ruhig.

»Und?«

»Mama ist zu Hochform aufgelaufen.«

»Erzähl schon.«

»Weißt du was, Yara?« Ich löschte das Foto. »Ich mach mir Sorgen um Kim. Sie war heute so emo-mäßig gestylt, komplett in Schwarz, mit düsteren Balken um die Augen.«

»Aber sie …«

»Sie ist zu allem fähig.«

»Hey, aber sie versucht doch, dich fertigzumachen.«

»Ich war ihr Twin. Wenn sie mich fertigmachen will, dann macht sie auch sich selbst fertig, oder? Es könnte ihr eigener Name sein, auf dem Grabstein.«

»Du willst sie jetzt nicht in Schutz nehmen, oder? Isi, komm schon!«

»Nein, sie wird wohl wieder jemanden finden, den sie *mit in ihren Scheiß ziehen kann*«, zitierte ich Jenny. Yara war zufrieden, aber ich fühlte eine merkwürdige Unruhe. Warum schickte sie mir dieses Foto? War sie dafür extra zum Ohlsdorfer Friedhof gefahren? Hatte sie nichts Besseres zu tun?

»Na hoffentlich taucht sie heute Abend nicht auf«, sagte Yara und zog eine geblümte Schürze aus dem Haufen.

»Ja, hoffentlich.«

Sie ließ eine ganze Batterie an Glitzerschminke aus ihrem Rucksack purzeln.

»Das billigste Zeug, das ich kriegen konnte«, freute sie sich. »Hat keine zehn Euro gekostet. Garantiert noname. Und dazu zieh ich das hier an.« Sie wedelte mit einem rosa XXL-Sweatshirt herum, auf dem in Strasssteinen *In Mathe bin ich Deko* stand. »Von Kik.«

»Genial.«

Wir hatten gerade noch eine Leine mit Knackern zum Würstchenschnappen vorbereitet und Yara stellte grinsend ein Töpfchen Senf auf den Tisch, als es klingelte. Anouk und Latifa standen vor der Tür, besser gesagt eine unförmige Pummelfee und eine Asi-Trulla im lindgrünen Nikianzug, die wiederum einer XXL-Glitzer-Queen und einer runtergekommenen Aerobic-Tusse mit Neon-Tanga und Schweißbändern gegenüberstanden. Wir kreischten alle vier um die Wette und kniffen uns gegenseitig in die ausgepolsterten Körperteile.

»Na, wie wär's«, sagte Latifa, »Montag im Schwimmbad?« Und wieder brüllten wir los. Da kam ein weiteres Duo die

Straße hoch: ein alter Opa in Pantoffeln und Schiebermütze mit einer Alditüte in der Hand und ein Pseudo-Sportler mit Vokuhila-Perücke und Adiletten in einem glänzenden türkisen Jogginganzug.

»Josh und Mohammed«, schrie Yara in die Dämmerung hinaus. Und dann ging es Schlag auf Schlag. Die Wohnung füllte sich mit gammeligen Gruftis, peinlichen Touris in Hawaiihemden und Flip-Flops, Hippies mit Blumenketten und Afroperücken und diversen Mode-Verbrechern, die stolz ihre verbotenen Kombis wie Häkelpulli und Latzhose oder zu kurze T-Shirts und Karottenjeans präsentierten. Dann kam Lenny. Er schoss den Vogel aller schrägen Vögel ab. Er musste eine Bierdeckelsammlung geopfert haben, denn sein Kostüm bestand aus bestimmt 150 unterschiedlichen Bierdeckeln, die gelocht und mit Schnüren aneinandergebunden waren wie ein langes Kettenhemd. Durch die Schlitze sah man seine Boxershorts, von *Diesel*. Die ersten beiden Buchstaben hatte er überpinselt, sodass nur noch *esel* auf dem Bund stand.

»Alles Gucci?«, begrüßte er seine Fanbase, die sich sofort um ihn scharte und ihn schon jetzt zum Bad-Taste-Sieger kürte. Im Schlepptau folgte Matteo, der zu einem Cowboyhut eine übertrieben breite Sonnenbrille trug, ein zu enges T-Shirt mit der Aufschrift »limited Edition« und Lederstiefel mit Fransen. Ich kämpfte mich zu ihm durch.

»Stimmt«, sagte ich und zeigte auf sein T-Shirt. Er lächelte. Aber seine Augen konnte ich nicht sehen. Die Sonnenbrille spiegelte und offenbarte eine magere Clownsvisage, die von einem Frottee-Schweißband umrahmt wurde.

»Cooles Outfit«, sagte er.

»Hm«, machte ich. »Warum sind deine Haare ab?«

»Veränderung?«

»War alles schlecht?«

»Was meinst du?«

»Ich meine, mit der Wette fing es an.«

»Welche Wette?«

»Hey«, ich nahm seine Brille ab und blickte ihn an. »Welche Wette wohl?« Matteos Augen schienen sich in die Höhlen zurückzuziehen und nach einer Antwort zu suchen.

»Ich … ich versteh's nicht.«

»Joshs Party. Deine Wette mit Lenny. Dass du mich küssen solltest.«

»Da gab es keine Wette.« Er griff nach seiner Brille und setzte sie auf. Ich sah in mein verblüfftes Gesicht.

»Und das mit Kim? Warum hast du dich mit ihr getroffen?« Matteo nahm die Brille wieder ab.

»Hast du meine E-Mail gar nicht gelesen?« Ich spürte, wie mir die Felle davonschwammen.

»Welche E-Mail?« Ich war kurz vorm Durchdrehen. Konnte dieses Verwirrspiel nicht endlich enden? Plötzlich wurde die Musik hochgerissen und Helen, die immerhin eine zu weite Hose angezogen hatte und nun zusätzlich Pauls Krawatte trug, schleppte mich ins Wohnzimmer, wo alle auf mich zu warten schienen und jubelten, als ich eintrat. Matteo blieb im Türrahmen stehen. Helen kniete sich vor mir auf den Boden, nahm meine Hände und küsste sie.

»Was soll das denn?« Alle lachten.

»Wir spielen *Wenn ich du wäre*«, sagte Anouk. »Helen ist dran.«

Helen sah sich um, bis ihr Blick an Lenny haften blieb.

»Wenn ich du wäre, Lenny, würde ich mir von Josh und

Yara auf jeden Arm ein Tattoo malen lassen.« Alle jubelten. Lenny verdrehte die Augen. Sofort machten sich die beiden an die Arbeit. Jeder bekam einen Edding und los ging's. Unter Gekreische schmierte Josh ihm eine nackte Frau auf den Arm, die eher wie Jack Sparrow mit Möpsen aussah. Yara zeichnete einen Schnuller und schrieb darunter *I love Babes*. Und dann war Lenny selbst an der Reihe. Alle verstummten, denn seine Einfälle waren berühmt-berüchtigt. Keiner wollte nominiert werden.

»Wenn ich du wäre ...« Er ließ seinen Blick durch den Raum schweifen. Suri versteckte sich hinter Anouk. »Genau«, rief Lenny, »wenn ich du wäre, Matteo, würde ich mit Isi auf *Grenade* tanzen.« Er sah seinen besten Freund grinsend an. Mein Herz klopfte sofort wie ein Treckermotor. Ich blickte zu Matteo. Der stand wie erstarrt, rührte sich nicht, lächelte nicht. »Hey, komm schon. Life must go on«, kurbelte Lenny seine Stimme in die Höhe. Jemand hatte das Lied bereits gestartet und das Discolicht angemacht. Matteo lächelte gequält. Es tat weh. Er kam auf mich zu, nahm mich hölzern in den Arm und schob mich mechanisch hin und her. Ich hätte heulen können, schloss stattdessen die Augen und versuchte, das Teufelchen zu verjagen, das sofort angeschossen kam. Irgendwann gesellten sich weitere Paare auf die Tanzfläche und um uns herum wurde gekichert und gemurmelt. Matteos Griff wurde weicher, er zog mich vorsichtig näher an sich heran, so nah es eben ging, denn meine Pseudo-Monstertitten bäumten sich wie Airbags zwischen uns auf. Wir kicherten unbeholfen. Ich bereute meine Kostümwahl und auch die Schweißbänder an meinen Handgelenken, die Matteos Berührungen abbremsten. Er schob seine Nase in mein Haar und brummte wohlig. Ich ließ mich in seine Arme sinken, besiegte das Teufelchen, atmete seinen süßen Duft und öffnete die Augen einen Spaltbreit.

»Dornröschen«, sagte er und lächelte endlich. Die Brille war auf seine Nasenspitze gerutscht und ich konnte in seine Kleeblattaugen sehen. Ich war verwirrt, aber glücklich. Und zu benebelt, um einen Grund zu finden, warum ich ihm grollen sollte. Ich schnurrte wie ein Kätzchen. *I'd catch a grenade for ya*, gelobte Bruno Mars, *but you won't do the same.*

»Doch«, wisperte ich.

»Hm?« Matteo hauchte in mein Ohr. Ich wendete meinen Kopf ein wenig, um seine Lippen einzufangen. *I'd jump in front of a train for ya.* Plötzlich erstarb die Musik, das grelle Licht ging an und eine grobe Stimme zerteilte wie ein Schwerthieb unsere neu geknüpften zarten Bande.

»Matteo Wellmann?« Ein Polizist stand mitten im Raum.

»Ja?«, stotterte Matteo.

»Sie müssen leider mitkommen«, sagte eine Polizistin, die sich neben ihn schob. Beide waren in voller Montur, mit Schlagstock und Knarre und allem.

»Ich? Warum?« Matteo wurde bleich. Die Frau blickte auf einen Notizblock.

»Eine Kathinka Dornberg hat Vorwürfe gegen Sie erhoben. Wir müssen das überprüfen.«

»Waas?« Eine Welle der Empörung schwappte durch den Raum. Matteo lachte ungläubig.

»Kathinka wer? Gegen mich?« Er sah uns alle nacheinander an und seine Lachen verebbte. »Die ist durchgeknallt.«

»Hören Sie«, sagte Lenny, der in seinem Bierdeckelkostüm wenig glaubwürdig rüberkam, »da liegt eine Verwechslung vor. Es ist bestimmt Kim oder Kathinka oder wie auch immer sie sich nennt, die Sie verhaften sollten.«

»Wir wollen niemanden *verhaften*«, sagte der Polizist, »nur ein paar Fragen stellen, im Beisein seiner Eltern.« Er musterte Lenny und konnte sich ein Grinsen nicht verkneifen. Das nackte Busenwunder auf seinem Arm wurde von einer Lampe angestrahlt und die Bierdeckelschürze nahm ihm jegliche Seriosität.

»Na denn«, sagte Matteo und blickte mich traurig an. »Bis später.« Dann ging er hinaus, die Polizisten verabschiedeten sich und weg waren alle drei. Wir standen reglos im Raum.

»Kathinka?«, sagte Anouk, »warum Kathinka?«

»Und was hat die Schnepfe denn nun wieder vor?«, quiekte Helen.

»Isi«, sagte Lenny, »du weißt doch sicher, wo Kim wohnt?«

»Nein. Sie kam immer nur zu mir.«

»Dann ruf sie eben an. Wir müssen Matteo doch helfen.« Sofort wurde mir schlecht. Ich wusste noch nicht einmal, was tatsächlich vorgefallen war zwischen den beiden. Und nun sollte ich Kim *anrufen*.

»Was soll ich denn sagen?« Ich zog die Schulterpolster aus meinem Oberteil, hatte sofort Kims abfälligen Blick vor Augen und ihre Stimme im Ohr: *notgeil oder was?*

»Das ist doch klar«, sagte Josh, »logisch, dass wir alle hinter Matteo stehen, dass sie ihre Lügen zurücknehmen soll und dass wir ihr sonst die Hölle heißmachen werden.« Alle bekundeten lautstark ihre Zustimmung. Ich nahm mein Handy zur Hand und drückte auf ihre Nummer.

»Stell auf Lautsprecher«, sagte Lenny. Alle blickten mich an und mir wurde immer flauer. *Diese Nummer ist nicht verge-*

ben, teilte eine weiche Stimme mit. Erleichtert drückte ich sie weg.

»Sie hat wohl die Nummer gewechselt.« Verwirrt ließ ich mich auf einen Sessel plumpsen und versank in Bergen aus Klopapier. Ich hätte Jenny anrufen und sie nach Kims Adresse fragen können. Aber alles in mir sperrte sich dagegen. Fraglos waren ihre Aktionen abartig gewesen, aber das änderte nichts daran, dass es in mir einen Funken Mitgefühl gab und ich sie nun schützen wollte vor dieser wütenden Meute, die meine Clique war. Und das nach allem, was sie mir angetan hatte. Es war irre und ich verstand mich selbst nicht.

»Sie hat's bei dir nicht geschafft, jetzt versucht sie Matteo fertigzumachen«, sagte Suri. »Die gehört in 'ne Klapse.«

»Genau«, rief Olli. Und auch die anderen bekundeten Zustimmung.

»Kommt, wir gehen zur Polizei und machen's wie der alte Tell: *Rächen will ich die heilige Natur.*« Lenny reckte den Schnuller-Arm in die Luft und ging entschlossen auf die Tür zu.

»In dem Outfit?«, Latifa zupfte an ihrem lindgrünen Nikianzug, »bist du verrückt? Die sperren uns alle ein.«

»Das fürchte ich auch«, sagte Helen. »Meine Eltern wissen nicht einmal, dass ich auf 'ner Party bin. Ich hab gesagt, ich übernachte bei Anouk.« Sie blickte zu Anouk, die gerade ein Kissen aus ihrem Kleid pellte.

»Ja, Lenny«, sagte sie, »lass uns morgen hingehen.«

»Die Party hat sie jedenfalls gesprengt, die Hexe.« Lenny riss wütend einen Bierdeckel von seinem Kostüm ab, auf dem *Jever Fun* angepriesen wurde. Es war echt deprimierend. Noch dazu, da ich mich wie eine Verräterin fühlte, weil ich

Kim schützen wollte. Oder wollte ich mich selbst schützen? Gegen Kim aufzubegehren war ja bekanntlich eine Kamikaze-Nummer. Die Gefahr, dabei von einer verbalen Granate oder einem digitalen Shitstorm getroffen zu werden, lag bei 99 Prozent.

Die nächste halbe Stunde verharrten wir alle in einer Art Warteschleife, wetzten durch die Wohnung, stopften uns haltlos mit den Köstlichkeiten des Büfetts voll, quatschten über sinnloses Zeug und lauschten dem Musikmix, den Olli, unser Feten-DJ, extra für meine Party zusammengestellt hatte. Dann ein Aufschrei von Suri, die mit Kofi am Fenster stand.

»Matteo! Die Polizei!« Sie zeigte auf die Straße und hüpfte dabei auf der Stelle. Ich lief sofort zur Tür und riss sie auf. Schon stand Lenny neben mir, gefolgt von Yara und Josh. Die anderen drängten sich daneben. Matteo warf gerade die Tür des Polizeiwagens zu. Er hatte seinen Hut in der Hand und winkte den Polizisten lässig damit zu, als würde er sich nach einer durchzechten Nacht von Kumpels verabschieden. Das Auto brauste davon. Matteo drehte sich zu uns um und setzte in Zeitlupe den Hut auf. Filmreif.

»Hey, Kollege«, brüllte Lenny ihm entgegen, »bist du auf Kaution raus oder hast du ’n Date mit der Bullenchica?« Er war wieder ganz der Alte. Matteo ging langsam und schweigend über die Straße auf uns zu. Er hatte den Hut tief in die Stirn gezogen und den Kragen seiner Jacke aufgestellt. Wie Humphrey Bogart in *Casablanca*. Er blieb vor mir stehen und sah mich ernst an. Mir fiel fast das Herz in die Hose.

»Na, Kleines«, sagte er stilecht. Und dann löste sich sein versteinerter Gesichtsausdruck in ein breites leuchtendes

Grinsen. »Was ist denn hier los? Ihr seht ja aus wie Trauerklöße.« Er schob sich durch die Menge.

»Und?«, fragte Yara, »Was ist nun?«

»Alles bestens«, rief Matteo in die Menge. »Mein Ruf ist zwar ruiniert und die Nachbarn werden ihre Schlüssel woanders deponieren und 'ne Alarmanlage installieren, aber die Bullen haben mir geglaubt und mich herchauffiert.« Alle johlten und brüllten begeistert durcheinander. Die ganze Menge waberte ins Wohnzimmer und Olli schaltete sofort auf Discolicht und spielte *We are the champions* ab. Einige begannen zu tanzen.

»Und Kim Kathinka the bitch Dornberg?«, fragte Lenny.

»Sozialstunden, nehme ich an?« Matteo und Lenny schlugen die Hände ein.

»Was hat sie denn eigentlich behauptet?«, fragte ich.

»Sag bloß, du hast die E-Mail immer noch nicht gelesen?« Er strich eine Haarsträhne aus meinem Gesicht. Ich schüttelte den Kopf.

»Kam nicht dazu.«

»Sie behauptet, ich wär ihr an die Wäsche und hätte sie sexuell belästigt. Isi, die ist nicht ganz richtig im Kopf. Ich glaub, sie weiß selbst nicht, was sie tut. Die ist echt gefährlich. Ich bin froh, dass es vorbei ist.« Ich verschluckte mich fast an meiner eigenen Spucke.

»Was ist vorbei?«

»Na, die wird sich nicht mehr blicken lassen, nehm ich an.«

»Stell dir Kim mal vor, beim Bodenschrubben im Altersheim oder Laub fegen auf dem Friedhof. Wahrscheinlich spießt sie es mit ihren Absätzen auf.« Lenny lachte.

»Ach was«, sagte Matteo, »die Eltern werden sie raushauen.

Die zahlen einfach und fertig ist die Laube. Und dann sucht sich Kim an der nächsten Schule neue Opfer. So läuft der Hase nämlich.«

»Du meinst, das Monsterhasi.« Lenny hielt sich zwei Bierdeckel wie Ohren an den Kopf und schob seine Vorderzähne über die Unterlippe. Ich hatte keine Lust, Matteos Theorie zu widersprechen und über Kims Familienverhältnisse zu referieren.

»Hey«, sagte Lenny plötzlich, »lass uns weiterspielen.« Er drehte sich einmal um sich selbst. »Wenn ich *wir alle* wäre«, rief er, »würde ich einen netten kleinen Kommentar auf *KimGalaxy* hinterlassen.« Jubel brandete auf. Ich war entsetzt.

»Nein«, rief ich, »das werden wir nicht tun.«

»Hä? Warum?« Lenny preschte heran, dass die Bierdeckel klapperten. »Isi, es wird keine Folgen mehr für dich haben, da bin ich sicher.«

»Das ist es nicht.« Nun musste ich also doch Farbe bekennen. »Was soll das denn werden? Auge um Auge, Zahn um Zahn oder was? Wollt ihr sie fertigmachen? Dann seid ihr auch nicht besser als sie.« Meine Stimme überschlug sich fast. »Die ist doch schon genug gestraft. Wer will denn etwas zu tun haben mit so einer Lügnerin? Verdammt, vielleicht tut sie sich etwas an!« Mir liefen Tränen über die Wangen. Das war es also. Ich hatte es selbst nicht wahrhaben wollen, aber ich hatte tatsächlich Angst um Kim. Das Bild von dem Grab ging mir nicht aus dem Kopf. Es könnte ihr Name sein. Ich schluchzte. Yara nahm mich in den Arm. Lenny blickte mich irritiert an.

»Hey«, sagte er, »sie wollte Matteo ein Verbrechen anhängen. Sie hat dich aufs Übelste gemobbt. Und du verteidigst sie?«

»Ich verteidige sie nicht«, schrie ich, »aber sie tut mir leid. Sie hat einen Säufervater, verdammt.« Das lief unter Notwehr. »Ihr glaubt doch nicht wirklich, dass wir sie umstimmen, wenn wir über sie herfallen?«

»Pah«, machte Lenny, »die hat dich ja immer noch voll im Griff. Ich glaub ihr kein Wort.«

»Lass gut sein, Len«, mischte Matteo sich ein.

»Isi hat recht«, sagte Yara, »wenn wir was Fieses über sie posten, sind wir auch nicht besser.«

»Mädels«, meldete sich Kofi zu Wort, »der dunklen Lady kommt man anders nicht bei. Man kann sie nur mit ihren eigenen Waffen schlagen.« Er wedelte mit einem Partyspieß herum wie mit einem Degen.

»Wenn du ein totes Pferd reitest, steig ab, heißt es.« Mohammed stellte sich neben Kofi und Lenny, die sich wie eine Wand vor mir aufbauten. Ein Bierdeckelmann, ein Penner und ein Asi. Es war ein Witz.

»Genau«, sagte ich und stemmte meine Arme mit den lächerlichen Schweißbändern in die Hüfte, während ich mich vor den dreien in Stellung brachte. »Und das heißt nicht, dass du gegen das tote Pferd kämpfen sollst. Du solltest Mitgefühl mit ihm haben und es bedauern.«

»Ich finde auch, wir sollten sie ziehen lassen.« Matteo stellte sich neben mich und setzte mir seinen Hut auf, als wollte er mich zum Sheriff ernennen.

»Und wenn sie sich etwas antut?«, bohrte ich noch einmal nach. Es ließ mir keine Ruhe. Ich hatte sie auf den Schienen erlebt, auf dem Motorrad und mit einem Schwerverbrecher wie Moses. Und ich war die Einzige, die um ihre traurige Familiengeschichte wusste.

»Du bist nicht für sie verantwortlich«, sagte Yara entschieden und stellte sich auf meine andere Seite. »Das ist Kim ganz allein, okay?« Sie zog Josh zu sich heran.

»Ja«, sagte der, »du solltest dich wieder mehr um uns kümmern. Du hast uns ganz schön vernachlässigt.« Er grinste Matteo an. »Stimmt's?« Als Matteo merkte, dass alle ihn ansahen, wurde er rot. Er wurde tatsächlich rot. Er nahm mir den Hut vom Kopf und zog ihn sich tief ins Gesicht.

»Mensch, Leute«, rief er lachend, »macht die Musik an und lasst uns noch ein bisschen tanzen, bevor ich das heiße Date mit der Bullenchica habe.« Und endlich löste sich die Anspannung. Olli stürmte an sein DJ-Pult und riss die Musik wieder hoch.

»Die tut sich nichts an.« Matteo drückte sich an mein Ohr.

»Wie kannst du dir so sicher sein?«

»Die spielt viel zu gern«, sagte er. »Mal das Topmodel-Spiel, das Beste-Freundinnen-Spiel, das Emo-Spiel oder das Dirty-Bitch-Spiel.«

»Und welches Spiel spielst du?«, fragte ich.

»Schau mir in die Augen, Kleines«, brummte er eine Oktave tiefer und zwinkerte über seine Brille hinweg. Dann wurde er wieder ernst. »Lies endlich meine E-Mail. Dann weißt du's.«

»Lass mich raten«, sagte ich. »Vielleicht das Dirty-Gurli-Spiel.« Er prustete los.

»Gar nicht so schlecht «, sagte er. »Aber immer noch knapp daneben.«

»Los, komm!« Yara hopste auf mich zu und zog mich auf die Tanzfläche. »Unser Lied.« Es lief *Happy* von Pharell Williams. Yara brüllte laut den Text mit und hüpfte vor mir auf und ab wie ein Flummiball. Dabei lösten sich die Strasssteine von ihrem Pulli, bis von der Schrift nur noch *Bin ko* übrig blieb. Haarsträhnen klebten auf ihren Wangen in der billigen Glitzerschminke und sie quiekte vergnügt. Ich musste mir bei dem Rumgehopse immer wieder die ausgeleierte Jogginghose über den Tanga ziehen und den viel zu großen Sport-BH herunter, welcher ohne Füllung aussah wie die traurigen Möpse einer Sexpuppe, der die Luft ausgegangen war. Auf ein Zeichen von mir löste Josh mich ab, denn ich wollte endlich diese ominöse E-Mail lesen. Er schlurfte auf Yara zu, so schnell es eben ging in seinen Opa-Pantoffeln, die ihm viel zu groß waren, wie fast alles, was heute Abend getragen wurde. Er fächerte sich mit der Schiebermütze Luft zu, während er die andere Hand um seine Freundin legte und sie an sich zog. *Wie süß, die beiden*, dachte ich und sah zu Matteo hinüber, der sich gerade ein Würstchen geangelt hatte. Als er meinen Blick bemerkte, steckte er sich das Teil in den Mundwinkel wie eine Zigarre und sah mich über den Rand seiner Brille hinweg an. Verdammt, wo war mein verfluchtes Handy? Ich musste unbedingt die E-Mail lesen. Zuletzt hatte ich es noch, als Kims Grabstein-Nachricht gekommen war, also vor der Party. Ich durchkämmte das ganze Haus. Nichts. In der Küche backten Helen und Latifa rosa gefärbte Waffeln und kicherten. Ich spürte schon wieder einen dezenten Brechreiz und blickte schnell in alle Schubladen. Wieder nichts. Es war zum Verrücktwerden. Von oben hörte ich Lennys Stimme durch die Lautsprecher.

»Wie wär's mit einer neuen Challenge? Wurstwasser auf Ex?« Buhrufe. Gekreische. Mir wurde schwindelig. »Okay, dann eben ein bisschen Fummel-Rummel. Los, Mädels, zeigt eure Outfits!« Johlende Jungs. »Wo ist Isi?« Jemand polterte die Treppe herunter. »Da ist ja unsere Beautyqueen«, sagte Lenny. »Komm schon. Zeig unserem Pseudo-Humphrey deine sexy Schweißbänder.« Er grinste.

»Bist du Tinder oder was?« Lenny verdrehte die Augen.

»Mann, Isi, euch zusammenzubringen ist schwieriger, als Helen oder Latifa abzufüllen.« Er zeigte auf die beiden, die sich gerade gegenseitig dicke Teigrollen in die Münder schoben.

»Mif abfüllen?«, würgte Helen empört hervor. »Bift du verrückt? Meine Eltern bringen mif um.« Teigkrümel spritzten aus ihrem Mund.

»If wär sogar tot«, brabbelte Latifa.

»Genau das meine ich«, sagte Lenny mit Augenaufschlag in meine Richtung. Und weg war er und mit ihm mein Wille, der Übelkeit zu widerstehen. Ein Schwall sonnengelber Kotze beendete meine Very-Bad-Taste-Party.

35

Am nächsten Vormittag war ich gerade dabei, das Klopapier in Säcke zu stopfen und währenddessen mit Yara den Abend *aufzuarbeiten*, als mein Blick auf den Stapel Altpapier in der Küche fiel. Eine Ecke meines Handys stand aus der *Mopo* vom Vortag. Ich zog es jubelnd heraus. Yara war mit einem Sprung neben mir.

»Los«, drängte sie, »die Mail.« Ich hatte noch nie eine E-Mail von Matteo bekommen und kannte seine Adresse gar nicht. Ich ging den Posteingang durch und fand sie sofort: *feierfuchs@gmx.de*. Wir setzten uns auf mein Bett und ich las laut:

»*Mein Dornröschen,*

ich hoffe, du liest dies noch vor der Party, denn ich weiß ehrlich gesagt nicht, ob ich es schaffe, dir alles ins Gesicht zu sagen, wenn du da vor mir stehst, mit deinen wunderschönen Augen und all dem anderen Schönen drum rum.«

Yara schrie auf. Ich starrte auf das Display wie hypnotisiert. Das war doch ein Traum, oder?

»*Ich hab inzwischen das Foto gesehen, das Kim gepostet hat. Jetzt versteh ich, warum du so ausgerastet bist. Glaub mir, sie hat mich auf ihr Bett geschubst und das Bild danach bearbeitet. Ich war allein wegen dir dort, musste doch die Ehre von meinem (??! Ja?) Mädchen retten. Ich wollte sie erwürgen oder zwingen, sich bei dir zu entschuldigen oder so etwas. Hab ich dann nicht geschafft. Sie ist dermaßen durchtrieben, hat mich ins Zimmer gelockt und ihre Show abgezogen. Es tut mir leid, dass ich dich so im Regen stehen ließ, als du mich gerade besonders brauchtest. Ich hoffe, du kannst mir verzeihen. Gurli und ich vermissen dich. Dein very real Follower.*

... und ich würde tatsächlich eine Granate für dich fangen! Kein Scheiß.«

»Ja, ja, ja«, jubelte Yara. »*Mein Dornröschen*«, schwärmte sie. »Aber wer ist dieser Gurli?«

»Seine Ikea-Decke.« Yara warf sich in die Kissen und lachte wie verrückt.

»Wie süß. Und dann auch noch eine E-Mail, total romantisch.« Sie rappelte sich wieder hoch. »Aber das mit Kim ... ohne Worte, oder?«

Mein Handy klingelte. Ich hatte einen normalen Klingelton eingestellt und reagierte erst gar nicht. Ich war weit weg und lag in Matteos Armen. Gurli wickelte uns ein. Yara wieder aus.

»Isi, dein Handy«, sagte sie. Auf dem Display stand *Jenny*. Meine Hände zitterten sofort. »Stell auf *Lautsprecher*.«

»Hi«, sagte ich.

»Easy, hallo.«

»Ist was passiert?«

»Ich wollte dich nur bitten, mal bei Kim vorbeizuschauen. Ich weiß, dass ihr keinen Kontakt mehr habt, aber ich bin nicht blöde. Du bist ihr näher als ich. Sie liegt im UKE, hängt am Tropf.«

»Was?«

»Sie hat gestern ziemlich gesoffen und ist dann kollabiert. Hatte sonst nix im Magen.«

»Scheiße.« Mehr fiel mir nicht ein. Immerhin lebte sie.
»Gehst du hin?«
»Ja.«
»Super. Danke. Also bis bald.«
»Ja, ciao.«
»Du willst echt hin?«, fragte Yara sofort. »Bist du sicher?«
»Ich bin sicher. Ein letztes Mal, dann ist gut.«
»Warum?«
»Weil sie mich braucht … vielleicht.«
»Weil sie dich *braucht*? Das glaubst du doch selbst nicht.« Ich reagierte nicht, war tatsächlich nicht sicher, ob das stimmte. »Okay, aber du rufst mich gleich an, ja?« Ich nickte. Und dann zog ich die erstbesten Sachen an und schnappte mein Fahrrad. Ich fühlte mich erstaunlich stark. Und das, obwohl ich gerade zu der crazy Kim fuhr, die mir tonnenweise Mist eingebrockt hatte; obwohl meine Eltern ausgerastet waren, als sie die Verwüstung in der Wohnung gesehen hatten, und Papa im Hotel *Belair* schlief; obwohl mir immer noch schlecht war, weil mein Körper sich so schnell nicht erholen konnte, und obwohl nun bestimmt 10 000 Spackos in nice Germany meine Möpse gesehen hatten. Ich glaube, Überleben macht stark. Außerdem hatte ich die beste Freundin der Welt, der meine Kilos und mein Outfit egal waren und die mich nicht mal verraten würde, wenn ich sie wie ein Stück … Klopapier behandelte. Und dann war da noch … Matteo … hoffentlich.

36

Ich klopfte an die Tür und trat ein. Die dünnen Vorhänge waren zugezogen und der Raum in ein dämmriges Licht getaucht. Es gab zwei Betten im Raum. Das eine war unbesetzt und im anderen lag ein blasses Mädchen und döste. Ich entschuldigte mich und wollte gerade wieder hinausgehen, da sah ich auf dem Boden Kims Chucks mit den Geschenkbändern, die sie als Schnürsenkel eingezogen hatte. Ich blickte das Mädchen noch einmal genau an und sie blickte zurück.

»Kim?« Sie war komplett ungeschminkt und sah zehn Jahre jünger aus. Ihre Haut war rissig und unrein. Die Augen lagen tief in den Höhlen und waren von einem grauen Schatten umrahmt. Sogar ihre Haare sahen grau aus. Ihre Brauen waren fast nicht zu sehen und die Lippen nur ein fahler Strich. Von einem Beutel an einer Stange führte ein Schlauch bis zu ihrem Handgelenk und verschwand dort unter einem großen blauen Pflaster. Das Tattoo war zur Hälfte verdeckt, ein ertrinkender Planet, dessen Augen mit den langen Wimpern gerade noch über den Rand blickten. Als sie mich sah, zuckten ihre Hände und ich wusste sofort, dass sie ihr Gesicht schützen wollte, abdecken, verbergen. Sie ließ davon ab. Es war zu spät. Ich hatte sie erkannt. Sie war starr vor Schreck, als ich näher an ihr Bett herantrat, genau wie ich selbst. So sah das Mädchen also aus, das zu dem ängstlichen Blick gehörte, den ich ein paarmal erhaschen konnte: eine völlig kaputte, traurige Puppe, leblos und leer. Das Teufelchen in mir raufte sich die Haare und gab auf. Es hob lasch die Hand und verschwand für immer. Meine Wut nahm es mit. Dies war also die echte Kim oder besser gesagt Kathinka. Unsere Blicke trafen sich und wir sahen uns lange wortlos an. Und da verstand ich, dass es Kim war, die auf einer Insel lebte und die versucht hatte, mich mit in ihre Einsamkeit zu ziehen, damit sie erträglicher werde. Kims *Galaxy* hatte einen Krieg der Sterne hinter sich. Die Einschläge waren in ihrem Gesicht zu sehen, die Verletzungen in den Tiefen ihrer Seele, die sie mir wie ein offenes düsteres Buch präsentierte, in einer Sprache, die ich nicht verstand, aber doch erahnte. Es war unsere erste wirkliche Begegnung auf der Erde.

»Hi«, sagte ich so zart wie möglich. Sie antwortete nicht. Eine einsame Träne kullerte ihr über die Wange. Die Planeten sortierten sich neu, die Schwerkräfte verlagerten sich und Flut folgte wieder auf Ebbe. Das alles geschah in diesem einen Moment, in dem unsere Blicke sich trafen. Und es wäre auch dabei geblieben, wenn ich einfach gegangen wäre, wenn ich mit diesem Bild einer neuen Welt, in der die Kräfteverhältnisse wieder ordnungsgemäß verteilt waren, in die meine zurückgekehrt wäre. Himmel. Wer hatte schon ahnen können, dass der Krieg der Sterne immer noch nicht zu Ende war?

Mitten in unsere kleine galaktische Operation am offenen Herzen platzte eine schmale, elegant gekleidete Blondine mit einem Stoffhasen herein. Sie hatte nicht angeklopft und stelzte in hohen Pumps auf Kim zu, drückte ihr den Hasen in den freien Arm und sank auf die Bettkante.

»Tinkilein, meine liebe Kleine, was machst du denn für Sachen? Du sollst doch nicht trinken.« Sie blickte traurig auf den Schlauch, der in Kims Arm verschwand. »Oh, was tun sie dir denn an? Meine Güte.« Sie beugte sich über Kim und gab ihr einen Kuss auf die Wange. »Du siehst ja fürchterlich aus.« Wieder flog die Tür auf.

»Wie geht es meiner Prinzessin?« Ein stattlicher Mann in einem Anzug fegte herein, in der einen Hand eine Aktentasche, in der anderen einen dampfenden Kaffeebecher. Er stellte ihn auf Kims Tischchen ab, zog ein kleines Päckchen mit einer rosa Schleife aus seinem Jackett und legte es auf Kims Bettdecke. »Etwas zur Ermunterung. Das bringt dich hoffentlich schnell wieder in die Aufrechte.« Er beugte sich über sie und küsste ihre Stirn. »Theo lässt dich grüßen. Er hat ein wichtiges Training.« Die ganze Zeit über sah Kim mich an. Panik lag in ihrem Blick und eine flehentliche Bitte: Ich sollte mitspielen. Aber die *Galaxy* kollabierte. Ich war mit dem Eintreten von Kims Mutter bis an die Wand gegenüber dem Bett zurückgewichen, besser gesagt, zurückgedrängt worden. Ich klebte an der Tapete, unfähig, auch nur die Lippen zu bewegen. Mit diesem galaktischen Sturm hatte ich nicht gerechnet, niemand hätte damit gerechnet. Noch einmal purzelten die Planeten durcheinander wie Lottokugeln. Kims Mutter hatte nun *Tinkileins* starren Blick in die Ferne bemerkt und folgte ihm, bis sie mich entdeckte. Sie sprang sofort in die Höhe und wehte auf mich zu. Ihre Klamotten kamen mir verdächtig bekannt vor.

»Oh wie schön«, freute sie sich, »Besuch.« Sie reichte mir ihre Hand. »Wer bist du denn?« Und bevor ich überhaupt etwas sagen konnte, hatte Kim ihre *klingonische* Stimme wiedergefunden.

»Isabelle, aus meiner Klasse«, sagte sie vorwurfsvoll und starrte mich weiter an.

»Wie wundervoll«, freute sich Kims Mutter. »Dann gibt es da also doch ein nettes Mädchen.«

»Wie?« Ich sah wieder zu Kim. Höchste Alarmstufe. Gleich würde etwas explodieren. Kims Mutter bekam von der drohenden Gefahr nichts mit, war gut geschützt in ihrem Kathinka-Kosmos und blickte mich wohlwollend an.

»Tinki hat uns davon berichtet. Ihr Armen. Was für eine furchtbare Klasse.« Sie klopfte mir mitleidig auf die Schulter. »Nicht wahr, Schatz?«

»Allerdings«, sagte der Mann im Anzug, der ohne Zweifel Kims *ach so versoffener* Asi-Vater war. Haha. »Wenn ich es mal schaffen sollte, zum Elternabend zu gehen, dann ...« Er hob drohend einen Zeigefinger. »Na, vielleicht sollte ich einfach die ganze Schule verklagen.« Er lachte. »Diesen Widerling, der sich an meiner Tochter vergriffen hat, krieg ich jedenfalls noch dran.« Ich kam mir vor wie in einer Geisterbahn oder einem Albtraum. Ein Schock jagte den nächsten. Wieder flog die Tür auf. Mir fielen fast die Augen raus. Matteo! Himmel. Was konnte jetzt noch kommen? Würde er sich mit Kims Vater anlegen? Oder war er in Wahrheit der uneheliche Halbbruder oder der angeheiratete Stiefcousin? Ich konnte nicht mehr und ließ mich auf einen Stuhl fallen. Bitte keine Ohnmacht! Matteo blieb im Türrahmen stehen, die Arme leicht angewinkelt, wie ein Cowboy kurz vor dem Duell. Aus der Jackentasche stand eine rote Rose heraus. Er blickte sich um. Und alle blickten ihn an. Schließlich durchbrach Kims Mutter das Blicke-Duell.

»Noch ein Besucher? Wer bist du denn?«

»Matteo«, sagte er schussbereit.

»Aha, Matteo. Bist du auch ein Freund von Kathinka?« Kim bekam einen Hustenanfall der Sonderklasse, mit Gejapse und cholerischem Rumgekreische. Ihre Eltern beugten sich besorgt über sie und streichelten ihr über den Rücken, bis sie sich beruhigt hatte. Kims Vater sah auf seine Armbanduhr.

»Tut mir leid, Prinzessin, ich muss gleich wieder los.« Er gab seiner Tochter einen Kuss und öffnete dann mit einem Ratsch selbst das Päckchen, das er ihr mitgebracht hatte. Ein iPhone plumpste auf die Bettdecke. Er hob es hoch und wedelte damit vor Kims Augen herum. »Das allerneueste, extra für dich.« Kim zeigte keine Regung. Sie hatte aufgegeben, starrte an die Decke und ließ geschehen, was geschehen würde. Matteo sah mich fragend an. Ich zuckte mit den Schultern, blickte nicht mehr durch. Er wandte sich an Kims Mutter.

»Ich bin kein Freund von Kim. Ich bin gekommen, um mein Mädchen abzuholen.« Er zog die Rose aus der Jackentasche und reichte sie mir. Sein Blick war ein ganzer Rosenstrauß, der sich um mein Herz rankte und einen betörenden Duft verströmte, mitten hinein in diese desinfizierte Schattenwelt. Mir wurde wohlig schwindelig. Matteo wandte sich der Familie Dornberg zu. »Bei der Gelegenheit wollte ich Kim sagen, wie leid es mir tut, dass sie ohne Mutter aufwachsen musste und ihr Vater sich zu Tode säuft. Aber Sie haben das ja offensichtlich wieder in den Griff bekommen und können sie nun unterstützen, wenn sie ihre Sozialstunden ableisten muss. Für das Selfie auf den Schienen wird's vermutlich noch ein paar obendrauf geben. Schönen Tag noch.« Kim stöhnte. Ihrer Mutter entglitt alles, was ihr Gesicht zusammengehalten hatte, und die Stirn des Vaters legte sich in Falten wie die zerknüllte Akte eines Prozesses, den er gerade verloren hatte. Während die Eltern noch versuchten zu begreifen, was geschehen war, hatte Kim schon das neue iPhone in der freien Hand und pellte es aus der Verpackung.

Ich dachte an das Foto von dem Grabstein und mir wurde schlagartig klar, dass sie weder mir noch sich selbst den Tod wünschte, sondern dass sie damit unsere Freundschaft zu Grabe getragen hatte. Sie hatte sich aus meinem Leben verabschiedet. Sie würde sich einen neuen Twin suchen. Sie würde neue Lügen erfinden und ihrer Liste neue Exfreunde hinzufügen. Es war nicht mehr meine Baustelle.

»Bist du mit dem Fahrrad da?«

Matteo blickte mich an. Und in dieser einen Sekunde erzählten seine Augen unsere ganze Geschichte, in der sich alle Teile aneinanderreihten wie die bunten Perlen einer Kette. Und es lag allein an uns, wie wir sie weiter auffädelten.

»Ja«, sagte ich federleicht.

»Fahren wir zusammen?«

Matteo hielt mir seine geöffnete Hand entgegen und ich legte die meine hinein wie in einen weichen warmen Handschuh, der genau passte. Und da ging in meinem Herzen endlich die Sonne auf, grün und groß und wunderschön.

Annette Mierswa war bereits für Film, Theater und Zeitung tätig und arbeitet heute als freie Autorin in Hamburg. Ihre Kinderbücher wurden in mehrere Sprachen übersetzt, mit diversen Preisen ausgezeichnet und „Lola auf der Erbse" auch verfilmt. Annette Mierswa hat ein Stipendium des deutschen Literaturfonds erhalten und bietet Lesungen und Schreibworkshops an. Sie hat zwei Hamburger Jungs.

Das will ich lesen!

ISBN 978-3-7432-0478-2

Fangen wir doch direkt mit den Bikini-Fotos an!“.
Tinka denkt sich zunächst nichts dabei, als sie sich gleich bei ihrem ersten Model-Shooting ausziehen soll. Schließlich machen die Mädchen in ihrer Lieblings-Castingshow *Perfect Girl* auch Fotos in Unterwäsche. Aber warum fühlt sich Tinka vor den Augen des Fotografen so bedrängt? Und wieso kommt er ihr bei den Aufnahmen so unangenehm nahe?

Loewe
Das will ich lesen!